草薙アキ
イラスト……のすく
oni-chan wa
uchi ni
kaeritai.
お兄ちゃんは家に帰りたい。
～そうだ、帰宅武をつくろう～
JN210912

神楽葵陽子（かぐらあおいようこ）
灰空朱雀（はいぞらすざく）

南瓜⑫時姫
みなみうりシンデレラ
四方木兎乃
よもぎとの
月代御世
つきしろみよ

灰空水琴（はいぞらみこと）
もくじ
プロローグ……6
その① ここへ帰ろう、お家へ帰ろう……9
その② 武活ってる場合じゃねぇ！……48
その③ LLBBA……91
その④ 武練パワード……115
その⑤ ピンポンダッシュ！……166
その⑥ 大後悔時代……217
その⑦ 兄の帰還……240
エピローグ……270

ダッシュエックス文庫

お兄ちゃんは家に帰りたい。

～そうだ、帰宅武をつくろう～

草薙アキ

プロローグ

「――がはっ!?」

コンクリートの壁に叩きつけられ、何度目かも分からない衝撃が俺の身体を駆け抜ける。

痛覚も疾うに麻痺しているのだろう――〝痛い〟という感覚はすでになく、ただ途切れそうになる意識を、なんとか繋ぎ止めることの方が重要だった。

降りしきる雷雨の中、地に伏す俺を冷たく見下ろすのは、白い制服を身に纏った筋骨隆々の男だった。

満身創痍の俺とは違い、男の姿はほぼ無傷――いや、実際俺の拳はことごとく撥ね返されたのだ。ほぼどころか、完全に無傷だろう。

「……だからそこをどけって言ってんだろ……っ」

震える四肢に鞭を打ち、俺は生まれたての子鹿の如く立ち上がって、キッと男を睨みつける。

誰が見ても、その姿は限界――少し押せば、倒れてしまいそうなほどに弱々しかったと思う。

だがそれでも俺は歯を食い縛り、必死に踏ん張り続けていた。

「……ちっ」

それが面白くないのか、男が苛立ちを孕ませて舌打ちする。

制服越しでも、やつの筋肉がぐっと盛り上がったのが見てとれた。

男は自身の骨をべきばきと鳴らしながら、そのグローブのような右手をかぎ爪状に開く。

今度は全力で――一気に勝負を決めるつもりだ。

対して俺も拳をゆっくりと、しかししっかりと握る。

「何度も言わせんな……っ。俺は……俺はさっさと家に帰らなきゃいけねえんだよ……っ」

握った拳はすでに臨界へと達し、ついには鮮やかな血の滴りを大地に穿つかのように思えたが、雫は地面に落ちる寸前で止まり、逆に天へと向けて昇っていった。

――〝レイヴ〟。

俺の身体中から横溢する異能の力――〝魂のエネルギー〟がそうさせたのだ。

「かあああああああああああああっっ!!」

殺気を迸らせ、先に動いたのは男の方だった。

放つのは、俺同様にレイヴを纏った渾身の一撃だ。

「俺は……俺はなあ――」

しかし俺は臆さずに前を見据える。

何が何でもこの男を倒さなければならないわけが――〝帰宅しなきゃいけない理由〟が俺に

はあるからだ。

だから俺は地を蹴(け)って跳躍する。

何よりも固く握った拳を携(たずさ)え、眼前の巨漢の——さらに〝その先〟へと進むために！

「俺は——」

そして俺は——咆(ほ)えた。

「——俺は早く愛する妹とイチャイチャしてえんだよおおおおおおおおっっ!!」

その①　ここへ帰ろう、お家へ帰ろう

全ての魂を吐き出すかの如く大きなため息を吐いたのは、この春より俺こと灰空朱雀の担任になった教師の男だった。

「……はあ」

ぱっと見の年齢は三〇代前半くらいであろうか。

黒縁の眼鏡をかけているということ以外、目立った外見的特徴はない。

確か名前は……中野、だった気がするが……いや、中園……あれ？　中田か？

そうだそうだ、中田だったはずだ。下の方は……分からん。

入学式からおおよそ二週間ほどが経ち、各々がやっと新しいクラスにも慣れてきたであろう、春真っ盛りの放課後。

俺は担任の中田に呼び出され、不本意ながらも職員室にいた。

話が始まってからどれくらいの時間が過ぎたのかは分からないが、中田はそろそろいい加減にして欲しいといった表情で、自身の短く切り揃えられた頭をぽりぽりと掻いていた。

「なあ、灰空。お前も〝レイヴン〟なんだから、ここのルールくらいは分かっているんだろ?」

「いや、でも俺が望んだわけじゃないんで」

「確かにお前の気持ちも分かる。俺もそうだったからな。だがここにはお前のように、望まずして〝レイヴン〟になったやつらもたくさんいる。そして皆きちんと現状に適応している。〝レイヴ〟が発現してしまった以上、国に管理されるようになるのは仕方のないことだろう?」

「それは分かります。分かりますけど、それと〝武活に入らなくちゃいけない〟のは、また別の話でしょう?」

「まあそうなんだが……」

がっくりと肩を落とした中田を尻目に、俺は「早く終わってくれないかな……」と窓の外に映える夕焼け空へと視線を移した。

この世に〝レイヴ〟という異能の力を持つ者たちが現れるようになったのは、果たしていつ頃からだっただろうか。

高めたレイヴは岩をも砕き、常識をはね除けて、〝奇跡〟すらその手に摑むことが出来るのではないかと言われた。

そんな力を持つ能力者たちだ——当然、国はこれを〝軍事力〟として考えた。

〝レイヴン〟と名づけられた異能者たちは、国の管理下に置かれるとともに、海上に建設された学園都市――《護国》に集められ、東西南北に位置する四校のどれかに所属させられることになったのだ。

とはいえ、〝護国〟なんて大層な名前がついてはいるが、俺たちレイヴンは許可なしにここから出ることは許されていない。

酷い話だと思わないか？　アマゾンさんで頼んだ商品とかも、全部検品されるんだぞ？　しかも〝用途〟を尋ねてくる始末……。

えっちぃＤＶＤの用途なんてどう答えればいいんだよ……。

察してくださいよ、そこは……。まあ頼んだことないけど……。

と、まあそんな感じに、軍事力として好き勝手に扱うくせして、俺たちが自由にやることは許さないんだとさ。まったく胸糞が悪い。

もちろんレイヴさえなければ、こんなところに来ることもなかったのだが……最悪なことに、俺はレイヴを発現しちまった。

となれば、後はお決まりのパターンだ。

スーツにグラサンというマトリックスみたいなやつらがいきなり家に来て、早々に引っ越すことを余儀なくされた挙げ句、先の四校の一つに強制入学させられたってわけだ。

これで引っ越し費用が全額自腹だったら、一年間穿き続けた俺のパンツでも頭に被せてやるところだが、そこはきちんとしているらしく、ご丁寧に送迎までしてくれた。

まあ向こうにしたら、単に監視目的かもしれないけどな。

ちなみに俺が所属することになったのは、《護国》の東に位置する、国立東武英学園校――通称〝東武校〟と呼ばれる学校だ。

言わずもがな、残り三校はそれぞれ〝西武校〟、〝南武校〟、〝北武校〟である。

百歩――いや、一万歩譲ってそこまではいい。

年齢を問わずに入学させられるとはいえ、俺はまだ一六だからな。

高校で学ぶ程度の教育は受けさせてもらえるらしいし、俺もそのくらいの教養は身につけておきたいと思っていたからだ。

問題はこれだ、これ。


――レイヴンは皆〝武活道〟にて己がレイヴを磨かなければならない。


……はあ？　武活道？　知らんわ、そんなん……。

開いた口が塞がらないとは、まさにこういうことを言うのだろう。

なんでもレイヴを持つ者は、必ず自分の発現したレイヴに準ずる武活道に入らなければならないのだとか。

しかもこの武活道――つまり〝武活〟には、国の軍事力を強化するという目的があるとかで、多額の予算が投じられている上、拒否すれば、最悪罰せられる可能性もあるというのだ。

てか、理不尽にも程があるでしょ……。どういうことなのよ……。

確かに管理しなければならないのは分かるさ。

望んでいないとはいえ、普通にコンクリートとかをぶち破る力だからな。

放っておけば、危ないということくらいは理解出来る。

でもだからといって、本人の意志を無視して、強制的に力を磨けはどうなの？

ただでさえ、こんなところに連れてこられたんだぞ？　その上、武活をやれって……。

第一、俺はそんなことをしたくもなければ、する時間も暇もありゃしねえよ。

そう何度も説明しているのに、この中田と来たら、「皆やってるんだから」の一点張りだ。

じゃあ皆がやってりゃ道端でうんこしてもええんかい！　と言うのは、さすがに幼稚な気がするのでやめておこう……。

しかし中田の方もいい加減にして欲しいのだろうが、俺にだって譲れないものがあるのだ。

俺は再び中田に視線を戻し、穏やかな口調で語りかけた。

「なあ、中田先生」

「……俺は〝中村〟だ」

「……」

中村だった……。

出端を挫かれた俺は、ずーんっと白目になりながら、気まずさで次の言葉を紡ぐことが出来なかった。

が。

「……はあ。分かった。とりあえずお前の言い分を聞いてやる。そんなに拒否するのなら、きっとお前なりの事情というものがあるんだろ？」

中村の方が妥協してくれたので、俺はここぞとばかりに攻めた。

「ええ。マジで重要な事情です」

「ほう？　どんな事情だ？」

「そうですね、その前に先生はご兄妹とかいますか？」

「兄妹？　ああ、一応兄と妹がいるぞ」

――ぽんっ。

「……あん？」

俺は中村――いや、先生の肩に手を置き、親指をぐっと立てた。

「エクセレンツ」

「お前は何を言っているんだ……」

おっと、いかんいかん。ついテンションが上がってしまった。

俺は先生の肩の埃をさっと払うと、一つ咳払いをして事情を説明した。

「実は俺にも妹がいます。とても大切な妹です」

「そうか。家族を大事にするのはいいことだ。可愛がってやれよ」

「はい！　じゃあ帰りますね！」

「おう――って、ちょっと待てい!?」

「……うん？」

早々に席を立とうとした俺は、途中で先生に呼び止められたので、中腰の姿勢になった。

「なんですか？」再び丸椅子に腰を下ろす俺。

「いや、なんですかじゃないだろ!?　何故帰ろうとしている!?」

「だって先生が帰っていいって」

「言ってないだろ!?」

「……？」

え、何言ってんのこの人？

俺が眉間をハの字に寄せていると、先生は「なんで俺が悪いみたいな顔になってるんだ……」とわけの分からないことを呟いた。

「……まあ落ち着け。とりあえずお前に妹がいるというのは分かった」

「それはよかったです。じゃあ帰ってもいいですよね？」

「だから何故そうなる!?」

「えっ？　だって〝妹〟といったら、もう帰宅理由じゃないですか？」

「なんだそのイコール……。いや、待て……。まさかお前の言う〝マジで重要な事情〟っては……」

先生がぷるぷると青い顔で問うてくる。

分かっているくせに変なことを聞くもんだな、と口元を和(やわ)らげた俺は、再度帰宅理由を説明してやった。

「決まってるじゃないですか。俺は早く家に帰って、愛する妹とイチャイチャラブラブしたいんです！」

「……」

さすが同じ妹ラブ——俺の妹愛に心打たれたのだろう。

数秒後、はっと意識を取り戻した先生は、何故かこの世の終わりみたいな顔をしていた。

先生は見事に白目をむいていた。

いちいちリアクションが面白い先生である。なんだか同志として親近感が湧いてきたな。

「……で、妹がいるから武活には入れないと？」

「そのとおりです。俺には愛すべき妹——水琴(みこと)がいます。そして兄として彼女とイチャイチャしたいと思っています。なんで帰ります。——ぐえっ⁉」

何すんのこの眼鏡(めがね)⁉

「だから待て」

　再度退出しようとした俺の首根っこを摑んで強制的に座らせた後、先生は嘆息した。

「お前がこの《護国》で二人暮らしをしているのは知っている。可愛い妹を一人にしておくのは心配だろう。だが」

「そう！　そうなんですよ、先生！　水琴はめちゃくちゃ可愛いんですよ！」

「いや、顔近い顔近い……」

　ぐいっ、と押し戻された俺は、興奮を抑えきれず、水琴の可愛さを惜しげなく伝えることにした。

「〝天使〟──まさにその言葉が似合うであろう、我が妹！　いつもほんわかと柔らかく微笑み、そして頬ずりすれば、甘い匂いで安らかなる気持ちにさせてくれる、我が愛しの妹！　大きなおっぱいが好きな俺ですが、水琴の慎ましやかな胸は、いつまでもそのままでいて欲しいと思うこの矛盾！　どう思いますか⁉　先生！」

「よく分からんが、お前がアホだということはよく分かった」

「えへへ」

「いや、何故照れる……」

　と、先生と妹について熱く語っていた、その時だ。

「——先生」

ふいに涼しげな声が響き、俺たちの会話は中断させられた。

「ああ、もうそんな時間か……」

どうやら俺と話しているうちに、他の誰かと約束した時間になってしまったらしい。

やっと終わったか……、と小さく息を吐き、俺は頭を抱える先生を放置して、声のした方を振り向く。

そこにいたのは、前下がりのボブカットに、口元のほくろがチャームポイントの、大人っぽい雰囲気（ふんいき）を持つ美少女だった。

確か同期生の一人だったような気が……、と俺は難しい顔で腕を組む。

ところで、何故〝同級生〟ではなく、〝同期生〟なのかと言えば、この学校の入学制度が、基本的に〝レイヴが発現した翌春より入学〟だからである。

それだけなら別に〝級〟でもいいんじゃない？　という感じなのだが、年齢や性別も見事にばらばらだからな。

扱い的に〝同期〟とした方がしっくりくるのだろう。社会人みたいにさ。

「あら？　あなたは確か……」

俺の存在に気づいた少女は、名前を思い出すため、記憶の糸をたぐり始めた。

「……」

が、彼女はそのまま何も言わずに、すっと先生の方を向いた。野郎……。

「おい、お前今俺の名前を思い出せなかっただろ？」

「気のせいよ。同期生の名前を忘れるわけないじゃない。そうでしょう？　パブロ・ディエゴ・ホセ・フランシしゅ……」

あ、噛んだ。てか、それピカソの名前だろ。

「……」

じんわりと少女の頬が朱に染まり、彼女はゆっくりとそっぽを向きながら言った。

「……ごめんなさい。実はまだ覚えていないの」

「……はあ。まあそんなことじゃないかとは思っていたさ。でも人の名前くらいちゃんと覚えておけよ？　礼儀だぞ」

やれやれとため息混じりにそう言えば、何故か先生が「お前……」と白目になっていた。

なんでもいいけど酷い顔だなあ……。

「そうね、次からは気をつけるわ。ところで、そう言うからには、当然、あなたは私の名前を覚えているのよね？」

「愚問だな。俺は基本的に愛する妹以外のことに興味がない。つまり覚えていない！」

どーんっ、と胸を張ってそう告げると、少女はその彫像のような容貌に多少の苛立ちを滲ませ、「あなたは自分の発言に責任を持った方がいいと思うわ……」と意味の分からないことを言った。

「――神楽葵陽子。それが私の名前よ。適当に〝陽子〟でいいわ」

「そうか。ならば俺も名乗ろう。俺は灰空朱雀。気軽に〝お兄ちゃん〟とでも呼んでくれ」

「そう。じゃあよろしくね、お兄ちゃん」

「……」

「……」

沈黙。ノリで促してはみたものの……ダメＤＡ！

「……すまん。俺、やっぱりお前のお兄ちゃんにはなれない」

「だったら呼べとか言わないでもらえるかしら……」

頭痛を覚えている様子の陽子だったが、「まあそれはいいとして……」と話題を転換させた。

「武活の件でお話があると聞きましたが、お取り込み中でしたか？」

「いや、まあお前ら二人に共通することだからな。武活の希望調査を白紙で出したのは、お前らだけだし。この際、一緒でも構わんだろう。神楽葵もそこに座れ」

「はい」

今は不在と思われる教員の椅子を借り、陽子も俺の隣に座る。

職員室内に空席が目立つのは、ほとんどの教師が武活の顧問を務めているからだろう。

「とりあえず灰空の理由は分かりたくないが分かった。神楽葵はどうして武活に入らないんだ？」

「はい。実は武活の時間と同時刻に観たいアニメがあるんです」

「……はっ？」

先生の目が文字通り点になった。顔文字にでもありそうな顔だ。

聞き間違いかと、先生は今一度陽子に問う。

「すまん、もう一度言ってくれ」

「はい。ですから観たいアニメがあるので武活には入れないんです」

「そうか。観たいアニメがあるなら仕方ないな――って、なるわけないだろ⁉」

「はい？」

突如声を荒らげた先生に、陽子は何言ってるのこいつみたいな顔で小首を傾げていた。

「そんなもの録画しておけばいいだろうが⁉　何を考えているんだ、お前は⁉　いや、お前らは⁉」

あれ？　なんか俺まで入ってるぞ？　どういうこと？

「失礼ですが、先生こそ何を考えていらっしゃるのですか？」

「……何？」

「確かに録画をすれば、番組自体は観ることが出来ます。ですが――それではネットの実況が出来ないでしょう⁉」

「お前は本当に何を言ってるの⁉」

ついに先生の顔がムンクのような絶望感でげっそりとする。

しかし録画か……はっ⁉

そこで俺はあることを思いついた。

まさにエジソンやアインシュタインのようなひらめきである。

そうだ！　今の可愛(かわい)い水琴の姿を後世に伝えよう！

よし、今度の休みにでもいいビデオカメラを買ってくるぞ！　４Ｋ――いや、８Ｋだ！

内心決意を固める俺をよそに、陽子と先生の会話はヒートアップしていく。

「リアルタイムで感情を共有し、オタ友らと喜びを分かち合う――その喜びをあなたは私から奪うというのですか⁉」

「頼むから目を覚ますんだ、神楽葵⁉　今、お前の親御さんは泣いてるぞ⁉」

「やれやれ、まだ流す涙があるとお思いで？」

「お、お前ェ……」

「……」

……俺、そろそろ帰ってもいいかな？

大分時間を取られちまったし、いい加減早く家に帰りたいんだけど……。

そう思い、陽子と先生が二人の世界に入っている横で、俺はそそくさと帰り支度を整える。

そうして抜き足差し足でその場を後にしようとしたのだが――ズドッ！

「――なっ!?」

ふいに何かが俺の頬をかすめ、そのまま壁に突き刺さった。

唖然としながら目を凝らせば、

「……定規？」

そう、壁に突き刺さっていたのは、長さ一五センチのプラスチック定規だったのだ。

何故定規が……、と飛んできた方向に視線を向けてみれば、先生の眼鏡がぎらりと鈍い輝きを放っていた。

もちろん中指で眼鏡の位置を直した時の輝きである。

「そういうわけにはいかんのだよ、灰空」

足を組み、妙な威圧感を放ちながら、神妙な面持ちで先生が告げる。

これにはさすがの陽子も驚いたらしく、無言で目を見張っていた。

「――さて、そろそろ遊びは終わりだ。俺も一応教員だからな。〝責任〟というものがある。お前たちがどうしても武活への参加を拒むというのであれば、俺も教師として、他の生徒たちへの〝示し〟を行わねばならん。意味は――分かるな？」

「「……っ」」

つまりルールに則って、俺たちに〝罰則〟を与えるということだ。

武活に加入することもまた、国が俺たちレイヴンを管理する上で制定したルールの一つ。

それに従わないということは、すなわち国の管理を受け入れないということと同義。

当然、違反者には罰則が与えられるだろう。

「罰則にも種類があってな。俺だってなるべく重い罰則を与えたくはない。出来れば、このまま大人しく何かしらの武活に入ってくれることを望む。これだけ言ってもそれを受け入れないというのであれば、まずは力ずくで従わせるしかない。その覚悟がお前たちにはあるか？」

先ほどまで快活だった先生の雰囲気ががらりと変わる。

爽やかだった顔が北斗神拳の伝承者みたいになっているのは、たぶん俺の気のせいだろう。

身体中からゆらりと立ち上るのは、先生の内包するレイヴのオーラだ。

「国の罰則は重い。基本的に〝禁固〟は免れないだろう。そうなれば、灰空の大好きな妹に会うことも、神楽葵の大好きなアニメを観ることも容易には叶わない。国家に対する反逆だからな。そうはなりたくないだろう？」

「「くっ……」」

だからここは退け、と先生は言う。

それが最良の選択なのだ、と。

それがレイヴンの在り方なのだ、と。

確かに一般的に見ればそうなのだろう。

妹とイチャイチャしたいのなら、武活が終わってからにすればいい。

放送中のアニメが観たいのなら、録画して武活が終わった後に観ればいい。

——ああ、そうだよ。

あんたの言うとおり、それがこの国での——いや、この世界でのレイヴンの生き方だよ。

でもな——。

「だからって、ここで退くわけにはいかねえんだよ、先生」

「……ほう?」

力強く拒絶の意を示した俺に、先生は驚いたような、それでいてどこか寂しそうな表情を浮かべた。

「この制度のせいで、俺は一度大事な妹を悲しませちまったからな。二度とそんな目には遭わせねえって決めたんだ。だからそれを邪魔するって言うのなら——俺はたとえ相手が神であろうとぶちのめすだけだ!」

「お前……」

そうだ。うちにもうお袋はいない。

多忙な親父は〝単身赴任〟という形で地元に残った。

元々家にいる方が珍しかったからな、仕方がないだろう。

だが水琴はまだ幼い。

俺がいなくなったら、誰があいつを甘えさせてやれる？

誰があいつを支えてやれる？

だから俺はあいつをここに連れてきたんだ。

一二年間育った地元だ——親しい友だちもたくさんいたことだろう。

それを俺は無理矢理引き裂いた。

水琴は優しいから、それに対して文句の一つも言わなかった。

本当は寂しいに決まってる。

お袋を早くに亡くし、友だちとも別れ、見ず知らずの土地に行かなきゃいけないんだ。

しかも周りはほとんどがレイヴン——その気になれば、指一本で人を殺せるようなやつらだ。

怖いし、不安だと思う。

ならせめて俺だけは、あいつの側にいて、あいつの支えになってやりたい。

ゆえに、俺はこんなところで絶対に退くわけにはいかない。

そうだろ？

だって俺は——〝お兄ちゃん〟なんだぜ？

「――っ!?」

俺の身体から溢れ出たレイヴに、陽子と先生が挙って目を見開く。

が、陽子はふっと口元に笑みを浮かべ、俺の横に並んだと同時に、俺や先生と同じくレイヴを解放した。

「……陽子?」

「どうやら気が合いそうね。一度の人生だし、私も誰かに縛られるような生き方はどうかと思っていたところなの」

「そうか。そりゃ頼もしいぜ」

俺たちは互いに不敵な笑みを浮かべ、頷き合った。

そして俺たちの視線はただ一点にのみ向けられる。

そう、眼前に立ちはだかる脅威――担任の中村先生に。

「……まったく、そうやって〝今〟に立ち向かえるお前たちが羨ましいよ。だが俺も不本意とはいえ、このルールを守る側の人間だ。そしてお前らがそれに刃向かう以上、俺はお前らに罰則――いや、〝指導〟をせねばならん」

そう言うと、先生は懐から三〇センチの竹定規を二本取り出し、腕をクロスさせ、逆手に構えた。

レイヴは肉体を活性化させ、身体能力を著しく向上させる。

そして自らの発現したレイヴに準じ、各々が個別の秘技――〝ヴレイヴ〟を有するのだ。先ほどの一五センチ定規と、この竹定規から察するに、どうやら先生のレイヴは〝定規〟に関係するものらしい。

確かにありとあらゆるものが〝武〟として成り立つ世の中だ。

よくよく考えてみれば、おかしいことなど何もありはしないのだろう。

「――〝定規戦争〟という遊びをお前たちは知っているか？」

「定規戦争……？」

「そうだ。自分の定規をペンなどで弾き、相手の定規にぶつけて、フィールド外へと追いやった方が勝つ――そういう子どもの遊びだ」

「なるほど。私は名前を聞いたことくらいしかありませんが、それが先生のレイヴということですね？」

陽子の問いに、先生は「ああ」と素直に頷いた。

「俺のレイヴによって強化された定規の切れ味は、刀匠の生む業物にも勝る。その切れ味を身に刻む覚悟があるのなら、いくらでもかかってくるがいい。クックックッ、今宵の定規は血に飢えておるわ……ぺろっ」

「「……」」

途中から悪そうな顔で定規に舌を這わせた先生のキャラの豹変ぶりに、俺たちは若干引き気味だった。

トキかと思ったらアミバだったみたいながっくり具合である。

が、先生が臨戦態勢であるのは不変の事実。

俺たちも気を抜かずに構える。

「――〝定規戦争武〟顧問(こもん)、中村勇一郎(ゆういちろう)！　推して参る！」

「「――っ」」

定規二刀流を構えた先生が、裂帛(れっぱく)の気合いでリノリウムの床を踏みしめた瞬間、

――場を支配していたレイヴが一瞬にして霧散(むさん)した。

「「「――なっ!?」」」

突然のことに、俺たち三人は何が起こったのか分からず、唖然(あぜん)とする。

と。

「――職員室は争いごとをする場ではありませんよ？　先生」

諭(さと)すように響いたのは、聞くだけで反論する気を失わせるような女性の声音(こわね)だった。

いつからそこにいたのか、俺たちと先生の間に、純白の制服を身につけた一人の女生徒が割り込んでいたのだ。

女生徒は妖艶に微笑みながら、自身の豊かなバストを下から持ち上げるように腕を組み、佇んでいた。

陽子に勝るとも劣らない和風の美少女だが、色気という面では陽子の方が大分不利のように思えた。

だってこっちスッカスカだしなあ――ちらっ。

「――うごっ!?」

ひ、肘鉄はダメだろー……。

「……水守か？」

「ええ、そうですわ」

〝水守〟と呼ばれた少女は、笑みを崩さず、艶やかな振る舞いで会釈した。

「さすがは〝七つ神〟――今のも〝合気〟の技か？」

水守先輩（?）はその問いに一言「はい」とだけ答え、「それより」と続けた。

「彼らはまだ新入生――環境の変化に戸惑いもあることでしょう。それを力で抑えつけるのは、〝教育〟とは言わないのではなくて？　先生」

「う、うーむ……。まあ、そうだな……」

先輩にそう言われ、先生はばつが悪そうに定規をしまった。

それを確認した先輩は、俺たちの方に向き直り、改めて自己紹介を始めた。

「ご挨拶が遅れましたわね。私は〝生徒会執行武〟の水守麗奈。以後お見知りおきをいただけると嬉しいですわ」

ふふ、と微笑する先輩に、俺は優しそうな人だなあという印象を覚えた。

まあ水琴の優しさには負けるけどな。

しかし〝生徒会執行武〟か……。

それに〝七つ神〟や〝合気〟なんて単語も出てきた気がする。

色々と気になることはあったが、それはひとまず隅に置き、とりあえず礼儀として、俺も挨拶をすることにした。

「えっと……俺は灰空朱雀です。こっちは同期生の神楽葵陽子。その、なんかありがとうございました」

頭を下げる俺に、陽子も「私からもお礼を言わせてください」と頭を垂れた。

「ふふ、どうぞお気になさらず。それより少々気になることを耳にしたのだけれど？」

「――っ!?」

何やら含みありきにそう言うと、先輩は俺の方にずいっと顔を寄せてきた。

引き寄せられそうな甘い香りが鼻腔をくすぐるが、俺はかぶりを振ってその誘惑を払拭する。

美人の上、少しおっぱいが大きいからといって、その程度でこの俺を……俺を……でもいい匂いだなあ……はあはあ……。

「――ぶふっ⁉」

だ、だから肘鉄はダメだとあれほど……。

「あなたたちは武活の時間を別のことに使いたいと仰っていましたわね？」

「え、ええ、まあ……」

「でも別に武活に入りたくないわけではないのでしょう？　時間さえ邪魔されなければ」

「まあ……」

「……そうね」

俺たちは互いに顔を見合わせ、頷く。

確かに俺の目的はさっさと家に帰って水琴とラブラブすることだし、陽子も時間までにアニメが観られればいいはずだ。

武活に入りながらそれが出来るというのであれば、別段言うことはないだろう。

だが武活とは、読んで字の如く〝武に勤しむ活動〟のことだ。

そもそもが自分の発現したレイヴに準ずる武活に入らなくちゃいけないし、武活に入ったら、そのレイヴを磨くために切磋琢磨しなければならない。

どう考えても武活に入りながら自由を謳歌するなど無理な話だ。

何故そんな分かりきったことを聞くのだろうか。

発言の意図が分からず眉根を寄せていると、先輩は「ならば」と人差し指を立ててこう言った。

「――何者にも邪魔のされない、〝帰るための武活〟を作ればいいだけのことですわ」

『――なっ!?』

俺たちだけではなく、職員室内にいた全員に衝撃が走った。

まさか生徒会の役員である彼女の口から、そんな提案が出てくるとは、誰も予想だにしていなかったからだ。

俺でさえ考えてもいなかった。

――〝帰る〟ための武活。

〝帰ること〟自体が武としての活動であり、帰った後は自由になれる武活。

俺の中学時代にも、誰かがふざけて〝帰宅部〟などと口にしたことがあったが、まさかこんな近くに答えがあったとは……。

何故これに気づかなかったのだろうか。

それならば武活に入りながら、最速で水琴の側に居られるし、陽子も時間までにテレビの前でスタンバることが出来る。

まさに一石三鳥！　文句なき決定案！　ありがとう、おっぱい！

俺と陽子は再び顔を見合わせ、今度は言わずとして「それだ！」と意気投合していた。

が。

「ちょ、ちょっと待て⁉　水守、お前正気か⁉」

当然、先生はこれに異を唱え始めた。空気の読めない眼鏡である。

「ふふ、正気も何も私はただ提案しただけですわ。それを決めるのは、他でもない彼らです。

〝帰るための武活〟――大いに結構ではありませんか」

「笑っている場合じゃないだろう⁉　一体何を考えているんだ⁉」

「あら、私は生徒の自主性を重んじているだけのこと。何もそのように目くじらを立てずともよいではありませんか。それに〝帰宅するための武活を作ってはいけない〟という規則もありませんし。ね？　先生」

「し、しかしだな……」

先輩に諭されてしまった先生は、当初こそ顰めっ面をしていたものの、「……ダメでしょうか？」とあのおっぱいを間近で見せつけられたことで、徐々に頬を赤らめ始め、最終的に「まったく仕方のないやつめ……」的な感じになっていた。

たぶん酒場とかでころっと騙されるタイプなんだろうなあ……。

だがまあ気持ちは分かる。恐らくはこの俺でさえ、二秒と持たんだろう。

水琴のことは愛している——が、それはそれだ。

先に言っておいてやる——俺はお色気攻撃にめっぽう弱い！

「……」

うん？　なんか陽子の視線がやたらと冷たい気がするが……まあいいか。

先生の承諾を得た先輩は、ぱんっと両手を叩き、満面の笑顔で言った。

「ふふ、ではこれで決まりですわ。そうと決まれば、早速申請をいたしましょう。ただ武活の設立には、〝五人の武員〟と〝顧問が一人〟必要です。でもあなたたちならきっと大丈夫でしょう。申請をお待ちしておりますので、どうぞ頑張ってくださいませ」

「「ありがとうございます！」」

最高の提案をしてくれた先輩に、俺たちは揃って深々と頭を下げたのだった。


「たっだいまーんっ！」

テンション高めに帰宅した俺は、どたばたと廊下を駆け、リビングへと赴く。

俺たちが暮らすのは、都市内に借りた割と新しめのマンションである。

レイヴンに対して有効なのかは知らないが、きちんとオートロック機能も付いている。

普通に借りたら家賃だけで死ねるような物件であるが、レイヴンの街ということで色々と配慮されているのか、賃貸物件などの家賃は安い上、公共料金も低廉だ。

まあそういう気遣いは、正直ありがたい。

俺がというよりは、大事な妹に不憫な思いをさせたくはないからな。

「あ、おかえり、お兄ちゃん」

そう微笑みながら、お皿に載ったハンバーグを運んでいる、この儚げな雰囲気の天使が、宇宙で最も可愛いと俺の中で評判の美少女——灰空水琴だ。

一二歳の中学一年生でありながら、真面目で優しいしっかり者で、料理の腕はお袋の味を完全再現——それはもう俺の中ではプロもびっくりの腕前なのである。

恐らくこのハンバーグも、スーパーで売っている出来合いのものとは、比べるのもおこがましい、愛情たっぷりの完全手作りであろう。嬉しいことに、いつもそうだからな。

ふふふ、なんて出来た妹であろうか。可愛いから後でチューしてやろうじゃないの。

いや、それよりも数年ぶりにお風呂を——っと、それはさておき。

ただ水琴自身はレイヴンではないため、都市外の中学校に電車で通っているのだが、お兄ちゃんとしては、卑劣な痴漢の脅威に晒されていないかが心配でならない。

確かに水琴のお尻は、それはそれは柔らかい極上の桃尻だ。

それを狙う痴漢どもよ、貴様らがいい目をしていることだけは認めよう。

だが残念だったな！　水琴の桃尻はこの灰空朱雀ただ一人だけのものなのだよ！

……えっ？　何故俺が水琴のお尻の感触を知っているのかだと？

決まっているだろう――それはお兄ちゃんだからだ！

……。

しかしこの桃尻を他の誰かが触ると考えただけでもうね――俺の脱ぎたてブリーフを頭に被せてやろうかって感じですよね。まあ俺はトランクス派なんだけど。

「ご飯はもうすぐ出来るから、先にお風呂に入ってくる？」

「おう！」

頷き、衣類を手早くパージする俺に、水琴は自分用のハンバーグ（俺のよりも二回りほど小さい）を置きながら微笑した。

「なんだか今日はとても嬉しそうだね、お兄ちゃん」

ふふふ、そりゃ嬉しいさ！　嬉しいとも！

「おう！　実は東武校に通いながらも、きちんと夕食までには帰れることになったんだ！」

「え、どうして？　武活があるんじゃないの？」

口元に指先を添え、小首を傾げる水琴の可愛さにほんわかしつつ、俺は力強く頷く。

「ああ、そのために俺たちは〝ある武活〟を立ち上げるつもりなんだ。まあ見てろよ。俺は絶対にお前と一緒にメシを食うからな！」

「うん、分かった。でも無理しちゃダメだよ？」

「おう！」

再度頷き、拳をぎゅっと握る俺に、水琴は優しい笑みを浮かべながら言った。

「それと、今度から下着は脱衣所で脱いでね」

「……うん？　──Ｏｈ!?」

野晒しになった大般若長光をばばっと両手で覆い、俺はカニ歩きで浴室へと向かった。

よもや笑顔で見送られるとは……ぐぬぬ。


風呂から出た俺は、火照った身体をカルシウム強化型の牛乳で潤し、すでに夕食が用意されていたテーブルに着く。

遅れて水琴も席に着き、二人揃って〝いただきます〟をした。

「うんめーっ！」

がつがつとご飯を胃に流し込む俺と、ゆっくりと丁寧にハンバーグを咀嚼する水琴。

ハンバーグの大きさを見ても分かるように、水琴は昔から少食なのだ。

「おかわり！」

「はい。大盛り？」

「おう！」

お茶碗にこんもりよそってもらい、「サンキュー！」と再びがっつく。

最中、ＢＧＭ代わりに点けておいたテレビから、ニュースの音声が流れてきた。

『――さて、皆さん。今年も《四皇会談》の時期がやって参りました。各校最強の四人が集うこの会談では、毎年何かしらの〝波乱〟が起きると予想されており、去年の《南北統一祭》をはじめ、一昨年の《西南殲滅祭》や、一昨昨年の《北皇降臨祭》など、今年もその動向が注目されております。政府はこれに対し――』

そこでテレビから目を逸らし、水琴は「《四皇会談》……。もうそんな時期なんだね」と話を振ってきた。

「そうだなあ……」

俺自身、《四皇会談》にはまったくと言っていいほど興味がないのだが、世間ではその後に起こるであろう〝祭り〟を心待ちにしている風潮があり、嫌でも毎年目についている。

確か南武校と北武校の合併騒ぎが《南北統一祭》で、西武校が南武校を叩き潰そうとしたのが《西南殲滅祭》、んで、〝俺が最強だ、かかってこい〟的に、当時の北武校最強レイヴンが、残りの三校に単身乗り込んだのが《北皇降臨祭》だったか。

どれも皆お祭り騒ぎをしていたが、要は他校間同士の戦争みたいなもんだからな。

俺の興味が湧かなくても当然だろうさ。あんな暑苦しいのをテレビで観ているより、水琴の家事を手伝っていた方が天地の差くらい癒されるわ。

「あんまり変な祭りを起こさないでもらえると助かるんだが……もぐもぐ」

「そうだね。お兄ちゃんも今年から無関係じゃないもんね……」

箸を止め、些か沈んだ表情を見せる水琴に、俺は口元を和らげながら言った。

「心配すんな。お前のお兄ちゃんは、たとえ何があってもお前のお兄ちゃんだ。祭りだかなんだか知らんが、そんなもので俺を止めることは出来ねえよ」

「うん、ありがとう、お兄ちゃん」

再び笑顔を見せる水琴に、俺は「おう！」とにこやかに頷いた。

と。

「ところで、さっきお兄ちゃんが言ってた、〝ある武活〟ってなんのこと？」

「おお、そういえば、まだ言ってなかったな。実は同期のやつらと一緒に、〝帰宅武〟を立ち上げることにしたんだ」

「帰宅武って……あの帰宅武？」

水琴が思い描いているのは、恐らく帰宅〝部〟の方であろうが、おおむね間違ってはいない。

どちらにせよ、〝帰ること〟が主な活動だからな。

「おう、その帰宅武だ。ちゃんと先生の許可ももらったしな（水守先輩が）」

「そうなんだ。でも大丈夫なの？　レイヴンは武活に勤しまなくちゃいけないって聞いてるけど……」

「ああ、問題ない。俺は全力で帰ってくる！」

「う、うん……。ならいいんだけど……」

どこか戸惑ったような反応の水琴だが、たぶん俺のことが心配でならないのだろう。

まったく、可愛い妹である。今夜の添い寝――決定ＤＡ！

確固たる決意を胸にし、麦茶をぐびっと呷った俺に、水琴は続ける。

「でもよかったよ。お兄ちゃん、まったくお友だちのお話とかしないから、新しい学校に馴染めてないのかなって、私心配だったんだよ？」

それを聞いた俺は、ゴルゴばりに鋭い眼光を水琴に向け、問うた。

「――水琴、ハグしていいか？」

「うん。いいけど、ちゃんとご飯を食べ終わってからだよ？」

「おう！　水琴のお兄ちゃん愛に、俺は今猛烈に感動しているのだ！」

さらに勢いを増してご飯を掻き込む俺を、水琴は「大げさだよ」と笑った。

いやいや、大げさなんてことがあるものか。

俺のことはいい――いつも通り、のんべんだらりと馬鹿をやっているだけなのだから。

それより水琴のことだ。まさかそんな心配をしてくれていたとは……。

くぅ～っ、と俺は内心涙を拭う。

新しい環境に慣れていないのは同じだろうに、自分のことよりも、この大好きなお兄ちゃんのことを優先して……ぐ、うぅ……。

「大丈夫？　お兄ちゃん。はい、ティッシュ」

「おう、ありがとう……ずぴーっ！」

涙と鼻水をまとめてティッシュにぶち込み、俺は心身ともにすっきりとしていた。

「……ふう」

「もうお兄ちゃんはすぐ泣くんだから」

「ははは、感受性が豊かなのさ」

そう胸を張って言えば、水琴は「そうだね」と微笑した後、再度疑問を投げかけてきた。

「お兄ちゃんの同期さんって、どんな感じの人たちなの？」

「お、気になるのか？」

「うん。よく前のお家に来てた、加藤さんや田井中さんみたいな感じなのかなって」

「加藤と田井中か……。懐かしいな……」

遠い目で虚空を見つつ、心に中学時代の朋友たちを思い描く。

水琴の言う加藤と田井中は、俺の妹愛に共感してくれた数少ない友であり、周囲の白い目
――いや、〝戦地〟をともに駆けた戦友たちでもある。

幼女にしか興味がなく、同級生の女子たちをBBA呼ばわりしていた〝ロリコンの加藤〟と、

ちっぱいをこよなく愛し、同級生の女子たちのバストランキング（永久保存）を作成した〝まな板の田井中〟——今思い出してみても、やつらは本当にいいやつらだった。

　ここに引っ越す前は、よく家に呼んで、ジュース片手に三人で語り合ったものだ。

　世が世ならば、〝桃園の誓い〟を立て、時代の寵児となっていた——かどうかはさておき。

　キャラの濃いやつらだったから、水琴の中でも印象が強いのだろう。

　だが今俺と志を同じくしているのは、言わずもがな、あの陽子である。

　むさい男子ではなく、一応美少女の部類に入る顔立ちの女の子なのだ。

　やつらとの共通点など、〝ちっぱい〟というところくらいしかないだろう、〝ちっぱい〟というところくらいしか。

『〜〜〜♪』

　……うん？　今ドアの向こうから携帯の着信音が聞こえたような……。

　たぶん気のせいだろう、と自分を納得させ、俺は水琴に陽子のことを分かりやすく話してやった。

「いや、あいつらみたいな感じじゃなくて、〝陽子〟っていう同い年のやつで、アニメが好きな、ちょっと変わったやつだな」

「陽子さん？　女の人なの？」

「ああ、そうだ。何か気になることでも——」

と言ったところで、俺ははっと気づく。

穏やかな口調で尋ねてはいるが、これはもしや〝嫉妬（しっと）〟というやつではなかろうか。

いいや、そうに違いない。というより、それしかあり得ない。

今まで女っ気のなかった大好きなお兄ちゃんが、他の女性の名を挙げただけでなく、あまつさえ一緒に活動をしようとしているのだ。

水琴の心中は穏やかではないはず——それこそ嵐の海に一人投げ出されたような感じだろう。

「？」

全てを悟った俺は、不思議そうな顔をしている水琴に菩薩（ぼさつ）のような微笑（ほほえ）みを向け、全て分かっているよと笑いかける。

大丈夫だ、安心しろ。俺はいつまでもお前を愛し続ける、世界のお兄ちゃんだ。

その証拠に、今日は久しぶりにじっくりと添い寝をしてやろう。

お前もそれを望んでいるはず——いや、言わなくても分かるさ。

さあ、レッツ添い寝！　水琴の部屋へといざ行かん！


と、思っていた時期が俺にもありました……。

「はい、お兄ちゃんのお部屋はこっちだよ」

「い、いや、今日は一緒にだな……」

就寝時、自室に向かおうとした水琴の後を、ドラクエよろしく付いていった俺だったが、部屋に入った直後、無言で反転してきた水琴に、背中を押される羽目になってしまったのだ。

な、何故だ？　お兄ちゃんの温もりが欲しいとあれほど……。

されるがままに部屋まで押された俺が、室内で呆然と立ち尽くす中、水琴はいつもの柔和な微笑みで、「じゃあおやすみ、お兄ちゃん」と告げ、ドアを閉めていった。

「……」

深い沈黙の後、お兄ちゃんは一人で泣いた。

その② 武活ってる場合じゃねえ！

〝帰宅するための武活〟を設立する。

昨日、職員室内で起きたこの前代未聞の出来事は、あっという間に学校中に広がり、すっかり有名人となった俺たちは、同期生のみならず、廊下ですれ違う生徒全員から奇異の視線を向けられていた。

だがそんなことは知ったことではない。

愛する水琴とイチャイチャするためにも、俺たちは早いところ武活の設立に必要だという〝五人の武員〟と、〝顧問を一人〟確保せねばならないのだから。

時刻は昼休み。俺は廊下を歩く道すがら、隣の陽子に問う。

「さて、とりあえず廊下に出てはみたが……どうする？　勧誘するにしても、〝発現したレイヴに準ずる〟っていう課題をクリアしなきゃいけないんだろ？」

そうなのである。確かに武活を作ることは許可してくれたのだが、それについて先生は、きちんと〝ルール〟を守ることを条件に挙げたのだ。

それが〝自分の発現したレイヴに準ずる武活に加入せねばならない〟ということと、〝武活にてレイヴを磨かなければならない〟という件のルールだった。

ただ不幸中の幸いだったのは、俺も陽子もその条件を満たしていたということだろう。

俺がレイヴを発現したのは、水琴に逢うために走っていた最中だったし、陽子は好きなアニメを観て、テンションが上がった時だったというからな。

陽子に関しては帰宅後になるが、お互いほぼ毎日レイヴを磨くことが出来るだろうさ。

問題はこの条件に当てはまる人物が、果たしてあと三人もいるかどうかなのだが……。

「そうね、一応一人だけ心当たりがあるから、まずは彼女を勧誘しましょう」

おお、意外といるもんだな。

「それはありがたい。そいつは陽子の友だちなのか？」

「ええ、幼馴染みよ」

と言ったところで、ふと陽子が足を止めた。

どうしたのかと俺も立ち止まってみれば、陽子は「でも少し意外だわ」と相変わらず抑揚のない声で続けた。

「意外？」

「ええ。あなたみたいなタイプは、女の子の名前を呼ぶことを躊躇するものだと思っていたから」

「なんだその偏見……。大体、俺みたいなタイプってなんだよ？」

「そうね、一言で言えば……童貞？」

「おいーっ!?」

あながち間違っちゃいないけど、いきなりなんだよ!?

突っ込みを入れる俺に、陽子はふふっと見下すような笑みを浮かべた。

「あら、やっぱりそうだったのね。ごめんなさい、坊や」

う、うぜえ……。つーか、そのスカ乳で坊やもクソもねえだろ。ぷぷーっ。

「……殺すわ」

「ま、待て待て!? 締まってる締まってる!? タップターップ!?」

陽子のギロチンチョークを食らい、俺は両足をぴーんっとしながら悶絶した。

なんなのこの子!? 背中に鬼の顔でも浮かんでるんじゃないの!?

「……げほげほっ……。どうせお前みたいなモテモテの美形には分かんねえだろうさ……ごほっ……」

「そうね、確かに私はモテるわ。告白された経験も数知れない。でもね──私は〝処女〟よ」

「だったらなんで上から目線なの!? 程度が同じじゃん!?」

「まさに同程度ね──〝童帝〟だけに」

「上手くねえよ!? つーか、勝手に帝王扱いすんなよ!?」

などと他愛もないやり取りを繰り広げながら、俺たちは校内を一周して、元の階段教室に戻ってきた。

「ここよ」

「え、ごめん。ちょっと意味が分からない……」

どん引きする俺を華麗にスルーし、陽子はずかずかとお目当ての生徒がいる席へと向かっていった。

「——姫。ちょっといいかしら？　あなたに話があるのだけれど」

「……もぐ？」

〝姫〟と呼ばれた女生徒は、頰をハムスターのように膨らませながら、弁当をがっついていた。

雰囲気からも男勝りな様子が窺える、顔立ちの整った少女である。

少女が陽子の誘いに応じて振り返ると、釣られて彼女のトレードマークであろう、ポニーテールがゆらりと揺れ、

「えっ？」

——はち切れんばかりのお乳がぼよんっと跳ねた。

「で、でけえええええええええええええええっっ!?」

思わず後退る俺。

なんだこのモンスターおっぱいは!?　いや、おっぱいモンスターは!?

爆乳……いや、魔乳!?　しかもでか過ぎてシャツのボタンが留まっておらず、ブラジャーも合うものがなかったのか、サラシとは別の、何か細長い布状のものを巻き付けている始末!

未知との遭遇に戦きと興奮を覚えていると、少女はごくりと口の中のものを嚥下し、

「い、いきなりなんだ!?」

恥ずかしそうに両腕で胸元を覆った。

が、見事にこぼれ落ちていた。

けしからん!　なんとけしからん乳だ!　少しは陽子を見習って……うん?

そこで俺は陽子と少女の格差社会を交互に見比べた後、陽子の肩に手を置いて言った。

「ここはお前のいる世界じゃない。森へお帰り」

「……殺すわよ?」

ヒエッ!?

真顔で物騒なことを言う陽子だったが、「……まあいいわ」と会話を本題に戻す。

「ちょっと驚いたとは思うけれど、こちらは同期生の灰空朱雀君。気軽に〝お兄ちゃん〟とでも呼んであげて」

「おいやめろ」

陽子に呼ばれた時のことを思い出し、俺はすかさず止めに入る。

違う。違うのだ。

俺を〝お兄ちゃん〟と呼んでいいのは、やはり俺の可愛い水琴だけだったのだ。

皆のお兄ちゃんになろうとした俺が馬鹿だった。

そう、ナンバーワンよりオンリーワン——世界に一つだけの兄。

大丈夫だ、水琴。お兄ちゃんはお前だけのお兄ちゃんだ。

今までも——そしてこれからも。

「だからすまん、姫。お前はお前だけのお兄ちゃんを探してくれ」

「何故初対面のお前に姫呼ばわりされる……。というか、こいつは色々と大丈夫か……？」

「ええ。頭がやられていること以外は正常よ」

そう説明を受ける姫だが、彼女の視線は心底胡散臭そうだった。

しばらくそんな表情をしていた姫だったが、どこかで諦めがついたらしく、ふうと嘆息して腰を上げた。

釣られておっぱいも生き物のように揺れた。

やっぱりでけえ……ぱねえ……。てか、この布……もしかして〝マフラー〟じゃね？

「私は南瓜だ。まあよろしくな」

「おう。さっき陽子も言ったが、俺は灰空朱雀。朱雀でいい」

「そうか。ならばよろしく頼む、朱雀」

ぎゅっと握手を交わしていると、ふいに陽子が付け足した。

「ちなみに名前は〝⑫時姫(シンデレラ)〟よ」

「ばっ!?」

「シン、デレラ……?」

だから〝姫〟なのか……。そういえば、名字の南瓜は〝カボチャ〟とも読めるな……。

きっとシンデレラみたいに玉の輿(こし)を狙って欲しかったんだろうなあ……、などと思わず呆(ほう)ける俺の前で、⑫時姫こと姫は赤い顔で陽子に詰め寄った。

「な、名前は言うなといつも言っているだろう!?」

「でもいつかは知られるでしょう？　恥ずかしい思いをするなら早い方がいいわ。〝タイムイズマネー〟よ」

おい、なんか違うぞ？

「そ、そうか。よく分からんが、そういうことなら仕方ないな。イズマネーだし」

しかもよく分かってないのに言いくるめられた!?

え、お馬鹿なの!?　と驚く俺をよそに、陽子は話を続ける。

「ところで、あなたはもう入る武活を決めたのかしら？」

「ああ、一応決めている。今日にでも入武届けを出しに行こうと思っていたところだ」

「そう。見せてもらってもいいかしら?」

「ああ」

頷(うなず)き、姫は鞄(かばん)の中から一枚の紙を取り出して陽子に渡した。

俺も横から覗(のぞ)かせてもらう。


『――武活名　料理研究武　氏名　南瓜⑫時姫』


ほう、料理研究武か。おっぱ……母性的な彼女にはお似合いの武活だろう。

「料理研究武ってことは、姫は料理が得意なのか?」

何気なしに聞いてみる。

お弁当を持ってきているし、やっぱり料理の上手(うま)い女子は魅力があるからな。

が。


「――いや、私は料理が苦手だ」


あれ?

「そうなのか……。じゃあ興味があるからやりたいとか?」

まあ誰しも最初は出来ないものだからな。うんうん。

しかし。

「まさか。うちは実家が飯屋だが、料理に興味を持ったことはないな」

え、えー……。じゃあなんで料理研究武なの……。

眉間(みけん)をハの字にしている俺に、姫は至極(しごく)男らしい顔でこう言った。


「私は――〝食う専〟だ！」


「ああ、なるほど……」

思わず脱力する。

つまりこいつは〝大食い〟のレイヴンということだろう。

なるほど、だからこそのおっぱいか……。栄養がたんまり詰まってそうだもんなあ……。

遠い目で青空を見据える俺だが、話にはさらに〝続き〟があった。

「まあ私も育ち盛りだからな。〝一日八食、おかわり二〇杯〟はしないと」

「いや、食い過ぎでしょ!?」

ずびしっ、と俺は虚空(こくう)に突っ込みを入れ、隣の陽子に救いを求めようとしたのだが、彼女は無言のまま姫の入武届けを見つめていた。

と――ぱくっ。

「「……はっ？」」

丸めて食べた。

「な、何をしている黒ヤギさーん!?」

「お前もどういうことーっ!?」

慌てて陽子の肩を摑んで揺する姫と、白目で鋭く突っ込む俺。

「（もしゃもしゃ）」

しかし陽子は無表情のまま、ヤギのような口の動かし具合で、入武届けを咀嚼していた。

ふいに俺と陽子の視線が重なる。

陽子は親指をぐっと立てた。

いや、ドヤァじゃねえよ……。

――ごくり。

陽子の喉が大きく動いたことで、ついに姫は諦めたらしく、力なく自身の椅子に体重を預けた。

「わ、私の入武届けがぁ～……」

しくしくと涙を流す姫の肩をぽんっと叩き、陽子は彼女の心中を察する。

「残念だったわね」

「いや、お前のせいだろ……」

「ありがとう……」

「って、お礼言っちゃったよこの子!?」

ずーんっ、と俺がショックを受けていると、陽子は懐から一枚の紙を取り出し、机の上を滑らせた。

「こ、これは……」

姫が驚いたように双眸を見開く。

そこにあったのは、紛れもない入武届けだったからだ。

ただ……。


『――武活名　帰宅武　氏名　　　　』


武活名が〝帰宅武〟になってるけどな……。あざといわー……。

しかしそんなことは姫には関係なかったらしい。

彼女は口元を手で覆い、溢れる感情を必死に抑えているようだった。

まるでアカデミー賞でも受賞したかのような感動具合だ。

「よ、陽子……。お前……」

「そうよ、姫。あなたのために用意したの——あなただけの入武届けを」

いや、用意したも何も食ったのお前だろ。

「だ、だが私は……」

「いいのよ、姫。あなたは何も悪くない。そう、悪いのは——この世界の方なのだから」

「よ、陽子ーっ」

わんわん喚きながら、陽子の薄い胸元に飛び込む姫。

「……」

一連の様子を冷ややかな目で見つめるのは、もちろん俺だ。

なんだこれ……、と顔を引き攣らせていると、陽子は姫の背中を優しく擦りながら、しかし口は大きく歪め、促すように言った。

「さあ、姫。あなたの名前をここに」

なんて悪い顔!?　眉毛Vの字やん!?

「うん……分かった」

ぐすっ、と鼻水を啜りながら、姫は自分の名前を入武届けに記入した。

計画通り——そんな声が陽子から聞こえた気がした。

まあ実際そんな顔をしているのだが……。

こうして俺たちは、労せず三人目の武員を確保することに成功したのだった。

後で聞いた話だと、姫は別に大食らいというわけではないらしく、ただ腹が減るのが異常に早い――〝早消化〟のレイヴンだという。

なんぞそれ……、という感じであるが、そもそも常識に囚われないのが、〝レイヴン〟という存在だ。

ならば〝腹減り〟を〝武〟として体得した者がいてもおかしくは……あるけど、もうなんか面倒なので、ないってことにしようと思う。

話を戻すが、レイヴも空腹が限界に達した時に発現したみたいなので、姫的にも出来ればさっさと家に帰って飯食って寝たいんだとか。

確かにそれだけ食えば、毎日の食費も馬鹿にならないしな。

だからこそ、料理研究武に行けば、好きな時に無料で飯を食わせてもらえると考えていたようなのだが……。あいつ料理研は〝飯を作る方〟だってことを知ってんのかなあ……。

やっぱりアホなのかなあ……。いや、アホなんだろうなあ……。

と、そんな杞憂を抱く俺だった。

放課後、姫を加えた俺たち三人は、残り二人をどうしようかと考えながら、廊下を歩いていた。

　まずは同期生の中から探そうとしたのだが、今は仮入武の時期であるため、皆色々な武活を見て回っているらしく、なかなか捕まらないのだ。

　すでに他の武活に入っている上期生を引き抜くという手もあるが、とりあえずそれは同期生が全滅した後の話だろう。

　ふと窓から外を眺めてみれば、運動系の武活が精力的に活動していた。

　あのめちゃくちゃ扱(しご)かれているのは、俺たちと同じ今年の入学生だろうか。

　いや、まだ仮入武の時期だし、上期生の方かもしれないな。

　とはいえ、遠目だが、それでも死にそうになっていることだけはよく理解出来た。

　そもそもが通常の部活ではないのだ。

　練習もハードというか、基本的に〝戦闘訓練〟のような感じだ。

　例を挙げれば、野球武顧問(こもん)のノックしたボールをミットで受けた武員が、そのまま吹っ飛んでコンクリートの壁にめり込み、思いきり吐血しているような――って、完全に殺しにかかってんじゃん!?　大丈夫なのあれ!?

　俺が心配そうに見つめていると、武員は口元の血を大雑把(おおざっぱ)に拭(ぬぐ)い、戦(いくさ)に向かう男の顔で再びノックを受けに行き始めた。

「……」

馬鹿げていると思うよな……。

でもこれがレイヴンの鍛錬（たんれん）であり、これこそが〝武活道〟なのだ。

この現実が正しいのかは、俺にはさっぱり分からない。

しかしこれだけは言える――あんなのはまっぴら御免ということだ。

だからこそ、早く残りの二人と顧問を見つけなければならない。

――俺たちの自由を摑むためにも。

そう新たに決意を固めながら、下駄箱（げたばこ）で靴（くつ）を履（は）き替え、玄関から出た時のことである。


「――そう言わずに！　一度は希望調査を出したんだからさ！」


「うん？」

ふいに男子のそんな声が聞こえ、俺たちはふと足を止めた。

声のした方を見やれば、何やら自転車置き場で数人の生徒たちが話し込んでいるようだった。

「ふむ？　なんだ？」と姫。

「たぶん武活の勧誘でしょう。話を聞く限り、希望調査とは違う武活に入ろうとしているんじゃないかしら？」

「なるほどなあ」

見れば、確かに陽子の言うとおり、ぱっつぱつのユニフォームを身につけた男子二人が、マチャリを押す女子を勧誘しているようにも見えた。

なんとなくその様子が気になった俺たちは、彼らの会話に耳を傾けることにした。

「あの、ですから私は……」

「まあまあ。まずは仮入武から始めてみようよ。何ごともやってみてだとは思わないかい？」

「いえ、でも……」

「君も自転車が好きなんでしょ？　自転車に乗っている時にレイヴが発現したって聞いたし。いいよね、自転車。僕も初めてロードバイクに乗った時は、世界が変わった気がしたよ。ふふ、あの頃が懐かしいなあ。弱虫だった僕が、あの時あのペダルを踏んだことで――」

「で、ですから……」

女子の声を遮り、垂れ流すように自転車の素晴らしさを説く男子たち。

聞いた感じ、どうやら〝自転車武〟の武員らしい。

ならばあのもっこり股間のユニフォームも頷けるだろう。

とはいえ、女子の方はあまり気が進まないようだ。

「なんだか私もケイデンスを上げたくなってきたわ。ひとまず帰りに何か食べましょうか」

「お、いいな。私はお団子がいい！」

「ケイデンス関係ねえのな……」

陽子の提案に嘆息する俺だったが、それよりも気になったのは女子の方だった。

嫌がってるみたいだし、あんまりしつこいようなら止めに入ろうかと考える。

ちなみに〝ケイデンス〟ってのは、一分間に回せるペダルの回数的なやつな。

すると、女子は「あの、本当に結構ですから……」とサドルに跨った。

しかし男子たちは諦めず、眼鏡の男子が女子の前に回り込む。

「そう言わずに。ね？　少しだけでも僕たちの話を」

と。

「――だからあたしは入らねえっつってんだろーがっ！　門限があんだよっ！」

「「――なっ⁉」」

おうっふ⁉

男子たちもさることながら、俺も大口で衝撃を受ける。

先ほどまでおっとりとした口調だった女子が、いきなり悪態を吐いたからだ。

顔も優しいお姉さん的な感じだったのに、今は眉間にすこぶるしわを寄せ、目も三白眼になっていた。

豹変なんてレベルじゃねえぞ……。完全に別人じゃん……。

しかしあの変わりぶりが大層気に入ったのか、陽子は「逸材だわ……」と瞳を輝かせていた。

嫌な予感しかしない……。

レイヴの発現理由も、自転車に乗っている時だと聞いたし、ルール的にはクリアしている。

ならば彼女を帰宅武に勧誘したとしてもおかしくはない。

アホの子Aな陽子のことだ――すでに勧誘する気は満々だろう。

ＨＡＨＡＨＡ――だってもう隣にいるしね？

いつの間に移動したのか、陽子は女子の肩に手を置き、不敵な笑みを浮かべていた。

「どうやらあなたは帰宅武に入る運命にあるようね」

「あ？」

眉根(まゆね)を寄せる女子の横で、自転車武員たちがぎょっと目を見開く。

文字通りいきなり見知らぬ貧乳が現れたのだ。普通に驚くだろう。

だが陽子は彼らのことなど眼中にはないようで、自らの勧誘を始める。

「年頃の女の子だもの、門限は大事でしょう。でも大丈夫。帰宅武の活動は、ただ家に帰るだけ。門限も守られるし、ダイエット効果もあるわ。私も帰宅武に入ってから、人生も上手(うま)くいくようになって、愛する夫と三人の子どもにも恵まれました」

おいーっ!?　最後の方がインチキブレスレット購入者のインタビューみたいになってるぞ!?

てか、三人の子持ちでその絶壁って……。

いや、その前にそんな勧誘の仕方に釣られるやつなんかいるわけないだろ……。

「え、マジ？」

って、いるんかーい!?

内心突っ込みを入れる俺の気持ちなどつゆ知らず、女子は「え、マジでそんないい武活なの？」と確認するように聞き返していた。

「もちろんよ。でもまだ設立途中だから、是非(ぜひ)あなたの力を借りたいの」

「おう、いいぜ。門限までに帰れるなら、あたしは全然構わねえ。むしろこっちから願い出ようと思ってたくらいだぜ」

「決定ね」

と、陽子は女子に手を差し伸べ、

「――ようこそ、帰宅武(Welcome to Underground)へ」

なんかとても悪そうな顔でそう言った。

何がアンダーグラウンドなのかよく分からない上、〝to〟の後に〝the〟が抜けているが、女子はとくに気にした様子も見せず、「おう」とがっしり握手を交わした。

が、当然のことながら、自転車武の男子二人は抗議の声を上げた。

「ちょ、ちょっと待ってくれるかな⁉　どうやら君は噂の新入生らしいけど、彼女——〝月代御世〟君は僕たちが先に声をかけたんだよ⁉」

月代御世——それが女子の名前らしい。

しかしそれで折れるような陽子なら、そもそもが月代さんに声をかけてはいないだろう。

陽子はゴミでも見るように酷薄な視線を、眼前の男子たちに向けた。

「それは残念ね。でもごめんなさい。こういうのは早い者勝ちよ」

「早い者勝ちって……勝手に割り込んできてそれはないだろう⁉」

「あら、個人的には嫌がる女の子を無理矢理誘うことの方がどうかと思うけれど？」

「この、黙って聞いていれば……っ」

ついに我慢の限界を迎えたと思われ、男子の一人が苛立ちを如実に表す。

陽子と男子たちが睨み合い、激しい火花が辺りに散る。

一触即発な雰囲気の中、ふいに陽子はすっと俺を指差して言った。

「——って、武長が言ってました」

「……うん？」

　お、お前えええええええええええええええええっっ!?

　陽子に誘導された男子たちが、凄まじい形相でこちらに向かってくる。

「お前の差し金か、このハーレム野郎っ！」

「てめえのサドルをブロッコリーに変えてやるっ！」

「ふ、ふざけんなああああああああああああっっ!?」

　猛然と襲いくる自転車武員たちから遁走するため、俺は自慢の脚力を全開にしながら、大爆走を開始した。

　翌日、俺は教室に着いたと同時に、無言で陽子の胸ぐらを締め上げた。

「やめてください死んでしまいます」

「むしろいっぺん死んでみるか……っ」

　ぎりぎりと怒りの念を送る俺に、陽子は相変わらずの涼しい顔で言う。

「悪かったわ。ごめんなさい。でもほら、あなたのおかげで四人目を確保することも出来たし、設立に一歩近づいたのだから、許してくれてもいいと思うの」

「ぐぬぬぬぬ……っ」

　やり切れぬ思いではあったが、確かに俺があいつらを引きつけたおかげで、月代さんは無事に帰宅出来たらしいし、勧誘も成功（後でメールが来た）している。

あと一人と顧問を見つけることが出来たのならば、俺は晴れて愛する妹こと水琴とラブラブな毎日を過ごすことが出来るだろう。

ならばここは水琴の笑顔に免じて、不問とするのがお兄ちゃんの役目……っ！

「ちっ……」

納得はいかないが、俺は舌打ちしながら陽子を解放した。

陽子は「危うく死ぬところだったわ」と服装の乱れを直していた。

と。


「――昨日はありがとうございました」


そう言いながら現れた月代さんが、申し訳なさげな顔でぺこりと頭を下げた。

今はおっとりモードのようだ。

「気にしないでいいわ」

「それは俺の台詞だ……」

ジト目で突っ込んだ後、俺は「いや、でも本当に気にしないでいいよ」と続ける。

「それよりよかったのか？　俺たちは大歓迎だけど、月代さん……でよかったよな？」

「はい。私は月代御世と申します。一七歳です」

お、年上だ。

「私のことは〝御世〟で構いません。よろしくお願いします」

「分かった。えっと……御世さん。俺は灰空朱雀。俺も朱雀でいい」

何故だろう。年上ということもあるのか、彼女に対しては呼び捨てする気になれなかった。

陽子や姫は同い年だしな。

「はい。よろしくお願いしますね、朱雀さん」

「お、おう」

にこり、と咲き誇る花のような微笑みの御世さんに、俺は言い知れぬ鼓動の高鳴りを感じた。

優しそうだし、胸元も姫には及ばないが、水守先輩並みに大きい。

――はっ!?　まさかこれが巷で噂の〝姉萌え〟というやつだろうか!?

うーん、確かにこんなお姉ちゃんがいたらいいなあ……。

「なんてスケベな顔なのかしらね」

黙れちっぱい――って、うおおっ!?

鋭く飛んできた肘鉄を、俺は紙一重で回避する。

最中、抜刀斎に戻った緋村剣心のような眼光で、俺は内心独りごちる。

ふん、いかな肘鉄といえど、三度も見せられれば、避け技の一つや二つぐらい思いつくさ、と。

が。

「――ぶふうっ!?」

間髪(かんはつ)を容(い)れずに襲ってきたのは、容赦(ようしゃ)のないヘッドバットだった。

お、おま、頭突きって……。それは予想外だわぁ～……。

ぴくぴくと虫の息な俺だが、ふと横を見てみれば、陽子がおでこを押さえながら蹲(うずくま)っていた。

いや、痛いならやるなよ……。ぷるぷるしとるやん……。

白目をむきそうになった俺と、悶絶(もんぜつ)中の陽子を、御世さんが「大丈夫ですか……?」と優しく気遣ってくれる。

なんてええ子なんや……、と滝の涙を流しながら、俺は上体を起こした。

「……だ、大丈夫。いつものことだから……」

「それならいいんですけど……」

「ははは……。ところで話を戻すけど、帰宅武で本当によかったのか?」

「はい。私もお噂を伺(うかが)い、一度お話を聞こうと思っていたんです」

「そっか。ならまあちょうどよかったわけだ」

「ええ。でもまだ設立中だと聞きました」

「ああ、そうなんだ。俺とこいつ、それからあそこですでに早弁してる姫――⑫時姫(シンデレラ)で四人だから」

「⑫時姫（シンデレラ）言うな！」

うお、すげえ地獄耳!?　まあいいや、スルーしよう。

「後は武員と顧問が一人ずつ必要なんだ」

「そうでしたか。どなたか心当たりはあるのですか？」

「いや、少なくとも俺はないな」

ちらっ、と陽子の意見を伺うように視線を送れば、彼女も「同じくよ」と言った。

ちなみに陽子のおでこはじんわりと赤みを帯びていた。

「私も当ては姫だけだったからね。姫にも訊いたけれど、当てはないそうよ」

「そうか。御世さんは誰かいたりするのか？」

尋ねれば、御世さんはしゅんっと沈んだ顔になった。

「いえ、実は私も……」

「そっかあ……」

まあ確かにそれが普通なのかもしれない。

陽子と姫のように、知り合い同士が同期生として、同じ学校に入学出来る確率の方が遥（はる）かに低いのだ。

俺だって友人と呼べる友人はまだいないし、それは御世さんも同じなのだろう。

「いや、気にしなくていいよ。そういうことなら、また校内を歩いて探せばいいだけの話だしな」

「そうね。どこかにいないものかしらね、希望調査と現実の差に愕然として、屋上で靴を脱いでいるような生徒は」

「どんだけ愕然としてるんだよ!?」

　そんなやつ勧誘したくないわ!?

「まあそれは冗談として。手っ取り早く先生に訊いてみるのはどうかしら？　生徒の情報くらい把握しているでしょう？」

「そうですね。たとえ把握していなくても、何か手がかりくらいはあると思います」

「そうだな。じゃあ昼休みにでも職員室に行ってみようぜ」


「お前らなあ……。というか、月代……お前もか……」

「はい♪」

　定規戦争武顧問にして、眼鏡な担任教師こと中村先生は、これ見よがしに大きく肩を落とした。その落胆ぶりたるや、まるで腹心に裏切られたユリウス＝カエサルの如しである。

「しかし普通そんなことを聞きに来るか？　担任とはいえ、俺はルールを守る側の人間なんだぞ？」

「まあそうなんですけど、でもＯＫしてくれたじゃないですか？」と俺。

「あれは水守に言われて仕方なくだな……。というか、あのおかげで俺は教頭にめちゃくちゃ嫌みを言われたんだぞ？」

ジト目で恨み節を言う先生だが、それは先輩のおっぱいにころりと落とされた自分のせいなのでは……？

俺がそう考えていると、先生は諦めたように嘆息した。

「まあ今さら言っても仕方がないだろう。お前らの意志にそぐえるかは分からんが、確か仮入武を繰り返しているやつが一人いたな」

お、と俺たちの間に小さく歓喜の声が上がる。

「なんでも自分の思っていた内容と違うんだとかでな。最初は茶道武だったんだが、読書、合唱と渡り歩き、昨日は料理研究武だったはずだ。今日に関してはまだ分からん」

「なるほど。一見脈絡のないように見えるけれど、どれも〝文化系〟の武活のようね」

「そうだな。で、その生徒の名前は？」

俺の問いに、先生は一息吐いてから言った。

「――〝四方木兎乃〟。いつも授業中に居眠りしている、けしからんやつだ」

教室に戻った俺たちは、件の四方木さんを見つけるべく、階段状になっている教室内をさっと見渡す。

席順はとくに決まっていない上、前にも言ったが、俺は水琴以外のことに興味がなかったので、名前を聞いてもどの子が誰なのかは、まったく見当も付かなかった。

が。

「えっと、たぶんあの子じゃないでしょうか？」

「おっ？」

彼女らしい人物はすぐに見つかった。

〝よく居眠りしている〟と聞いてはいたが、今も一人だけ思いきり寝ている少女がいたのだ。

「──っ!?」

四方木さん（？）の元へと赴いた俺は、一瞬自分の目を疑った。

──妖精。

そう、そこで静かな寝息を立てていたのは、どう見ても小学校低学年にしか見えない、柔らかそうなほっぺたの、小柄な少女だったのである。

少し赤みがかった髪も、頰同様に柔らかそうで、俺は思わず生唾をごくりと飲み込んでしまった。

ほのかに身体中を覆う温かな輝きと相まって、四方木さんことお兎乃ちゃん（こう呼ばずにはいられない）の姿は、本物の妖精のように思えた。

この守ってあげたくなる衝動……っ。

これはまさしく水琴に感じていたものと同じ――〝父性〟！

ならば俺のやることは一つ――頬をすりすりDA！

「ヒャッハーッ！」

俺はまるで世紀末の大地で、バイクに跨ったモヒカンが水を見つけた時のような奇声を上げ、お兎乃ちゃんに飛びかかった。

が。

「――うわらばっ!?」

お兎乃ちゃんの身体に触れたと同時に弾き飛ばされ、階段をごろごろと転がっていった。

「……リアクション芸人？」

「ちげえよ！」

首を傾げる陽子に突っ込みつつ、鼻血を垂らしながら起き上がる。

しかし……一体何が起きたのか？

再度陽子たちの隣に並んでみれば、お兎乃ちゃんは何ごともなかったかのように眠り続けていた。

確かに俺は彼女に頬ずりするため、その身体に触れようとした。

だが結果はご覧のとおり――俺は弾き飛ばされ、鼻にティッシュを詰め込む始末だ。

別段誰かが邪魔をしたようには見えないし、だとしたら考えられるのは、あの身体中を覆う輝きのせいだろう。

「……あれ？」

そこで俺は気づく。

「もしかして、あの光は〝レイヴ〟か？」

「もしかしなくてもそうでしょうね」

「ええ。どうやら四方木さんは、眠りながらレイヴ……いえ、ヴレイヴになるのでしょうか？とにかくなんらかの力を行使しているようです」

「凄いな。一体どうやっているんだ……」

そんな能力は聞いたことがない。

俺の知るヴレイヴは、基本的に〝レイヴを高めて放つ秘技〟のことだ。

当然、何かに集中した時に発動出来るものであり、覚醒時に使用するのが常識とされている。

まあ姫の件もあるし、ヴレイヴを含めたレイヴ自体が、〝常識を覆す力〟などとも言われているのだから、睡眠に集中することで発動させることも不可能ではないのだろう。

にしても、希有な存在であることに変わりはない。

鼻のティッシュをゴミ箱に投げ、俺は陽子たちに問う。

「これは自然に起きるまで待つしかないってことか？」

「でしょうね。彼女の持つ力が、睡眠によるあの鉄壁の防御壁なのだとしたら、恐らく解除されるのは、彼女の意識が覚醒した時でしょう。ならば待つしかないわ」

「そうですね。無理に起こすのも可哀想ですし、ここは起きるまで我慢しましょう」

「まあ……そうだな。俺もお兄ちゃんとして、可憐な幼女を起こすのは気が引ける」

腕を組みながら言う俺に、陽子が半眼を突き刺した。

「その幼女に飛びかかろうとしていたのは、一体どこのお兄ちゃんなのかしらね」

「ふ、お兄ちゃんにだって過ちはあるさ。だが過ちを気に病むことはない。ただ認めて、次の糧にすればいい——それがお兄ちゃんの特権だ」

「……」

それだけ言い残し、俺は陽子の視線から逃げるように退室した。


「ほえ？　帰宅武ですか？」

口元に人差し指を当てながら小首を傾げるのは、やっぱり本人であった件のお兎乃ちゃんである。

結局放課後まで起きなかったのだが、この調子で授業の方は大丈夫なのだろうか？

ちなみにこの学校には、俺のようなやつからおじいちゃんまで、実に様々な年代の人が在籍している。

校舎の大半は武活のためのものなのだが、それでも教養が必要な人たちのために、授業を受けることが出来る施設もあり、始業時間になると、それぞれの年代ごとの教室に移動するのだ。

なお、教養が必要ではない人であっても、希望者は授業を受けることが出来る。

もっとも、そんな物好きは稀で、大体のじいさま方は、中庭でゲートボールやってたりするのだが……。

と、それはさておき。

俺たちは新入生なので、今はホームルーム用に専用の教室が設けられているのだが、それも来年にはなくなり、基本的には大学のように校内をうろつくことになるという。

まあ無駄に広い校舎の上、休憩所や娯楽施設もあるので、別段困ることもないのだろう。

「……」

しかし可愛い子だなあ……。

水琴の可愛さにはちょこっとだけ及ばないが、それでもこの湧き上がるもふもふ衝動……っ。

はあはあ……早く頬ずりしたい……。じゅるじゅる……。

俺はじゅるりと口元の涎を拭いながら、努めて冷静な態度を装い続けていた。

ここで下手な行動を起こせば、最悪彼女が帰宅武に入らなくなるという可能性もあるからだ。

そう、入ってしまえばいいんですよ……入ってしまえばね……。

退武届け？　そんなものは陽子に食べさせますよ、ええ……。

「ええ、そうよ。私は神楽葵陽子。この子は南瓜⑫時姫で、彼女は月代御世。皆あなたと同じ今年の入学生よ」

名前を紹介された姫と御世さんが、それぞれ軽く会釈をする。

「そうですか。兎乃は四方木兎乃と言います。よろしくなのです」

それに対し、お兎乃ちゃんも恭しく頭を下げた。

「ええ、よろしくね。で、相談なのだけれど」

「――って、ちょっと待てい⁉　俺の紹介はどうした⁉」

すかさず割り込んでみれば、陽子は「あら、いたの？」みたいな顔をしていた。

「ごめんなさい、忘れようとしていたわ」

「本音が出てるぞ⁉」

「冗談よ。こちらは灰空朱雀君。少し頭がやられているの。口癖は『俺を〝お兄ちゃん〟と呼んでみろ』よ」

「なんて酷い紹介⁉　俺は兄より優れた妹でも許す男だぞ⁉」

「あら、そうなの？　じゃあ弟ならどう？」

「はあ？　弟？　許すわけねえだろ！」

「……」

陽子にはジト目を向けられた俺だったが、お兎乃ちゃんが向けてくれたのは、純粋無垢な眼差しだった。

「灰空さんはお兄ちゃんなのですか？」

「そうだよ。君だけのお兄ちゃんさ」

即答。当社比三倍くらいのイケボである。

「おい、私の時と対応が違うぞ……」

「ふふ、朱雀さんは面白い方なのですね」

「というか、ただのロリコンです。本当にありがとうございました」

女子たちが何やらぶつぶつ言っているが、正直そんなことはどうでもよかった。

何故なら、今の俺は彼女のお兄ちゃんだからだ。

昨日、俺は〝ナンバーワンよりオンリーワン〟だと言ったが、お兎乃ちゃんと出逢い、今はこう思うようになった。


——それぞれの妹たちのオンリーワンでいよう、と。


……。

ぶれたのではない。言いわけでもない。

これが——お兄ちゃんの特権だ！

「はぅ……」

父性に満ちた顔で頭を撫でる俺に、お兎乃ちゃんは恥ずかしがりながらも、気持ちよさそうな表情を浮かべていた。

だ、ダメだ……まだぺろぺろするな……こらえるんだ……っ。

溢れ出しつつある衝動を懸命に噛み殺し、俺は片膝をついて勧誘を続ける。

「陽子が言ったとおり、俺たちは〝帰宅するための武活〟を作ろうと思っているんだ。さっき見たんだけど、お兎乃ちゃんのレイヴ……いや、ヴレイヴは寝ている時に発現するのかい？」

「はい、そうなのです。兎乃のヴレイヴは、《不可侵のゆりかご》と言って、寝ている間は誰も兎乃の邪魔を出来ないというものなのです」

「そりゃ凄い。やっぱりそういう能力だから、いつも眠くなるのかい？」

「いえ、そういうわけではなく……。話せば長くなるのですが、実は兎乃は早く大人になりたいと思っているのです」

「ダメだ！」

という言葉が喉から出そうになるが、格闘漫画ばりに歯を食い縛って耐える。

「大人に？」

「はい。兎乃はこれでも一四歳なのです。でも皆さんからは小学生扱いされます……。しかし兎乃はお母さんから聞きました――〝寝る子は育つ〟と！」

ぐっと胸元で小さな拳を握るお兎乃ちゃんの姿に、すでに俺の中では水琴と三人で暮らす将来設計が生まれていた。

「だから兎乃はたくさん寝ないといけないのです！」

「なるほど。だからあなたは眠りやすいような武活を選んでいたというわけね？」

陽子の言葉で俺は全てを理解した。

恐らく純粋なお兎乃ちゃんのことだ——茶道武はお茶菓子を食べて寝る、読書武は絵本を読んで寝る、合唱武は子守歌で寝る、というような感じで、料理研究武も茶道武に似た理由で選んだのだろう。

なんて可愛い子！　帰宅武に入ったら、このお兄ちゃんが添い寝を担当してあげましょうか……ぐへへっ。

勧誘だ！　勧誘だ！　勧誘だ！　勧誘だ！　と俺の心の中ではアニマルな声が響き続けていた。

「そうなのです。でもどこの武活も兎乃が考えていたものとは違いました……」

しょんぼりとしたお兎乃ちゃんも可愛いなあ……。

そんなお兎乃ちゃんを元気づけるように、俺は「大丈夫だよ」と優しく告げる。

「もし帰宅武が設立されれば、その活動内容はただ帰るだけだ。家に帰れば、お兎乃ちゃんは誰にも邪魔をされずに、ゆっくりと眠ることが出来る。そうだろ？」

もちろんその時は、このお兄ちゃんも同伴させてもらいますがねえ……ふふふ。

「た、確かにそうですね！　でも兎乃で本当にいいのですか……？」

上目遣いで問うてくるお兎乃ちゃんの反則的な可愛さに、俺は最後の抵抗をしながら、「も、もちろんさ……っ」と入武届けを差し出した。

「さ、さあ……こ、ここに名前を……っ」

「はい！」

向日葵のような笑顔を浮かべるお兎乃ちゃんが、自分の名前を書いた入武届けを俺に差し出す。

「た、確かに……」

入武届けを受け取った俺は、それをしっかりと懐にしまった。

そう――時は満ちたのである。


「フォオオオオオオオオオオオオオオッツ!!」

一昔前に流行ったハードなＧＥＩ人が如く、俺は雄叫びを上げた。

「ひ、ひぃ～!?　や、やめてくださいですぅ～!?」

すりすりすりすりさわさわさわさわぺろぺろぺろぺろちゅぱちゅぱちゅぱちゅぱ――。

今まで我慢していた分、本日は多めに可愛がっております。

「……ふう」

数分後、俺はやり遂げた男の顔で、固まっている陽子たちの元へと帰還した。

ただ一人、御世さんだけはきちんと分かっていたらしく、「あんなにも仲良くなれて羨ましいです」と微笑んでいた。

ちなみにお兎乃ちゃんは、熱っぽい顔で机にくたっと突っ伏していた。

俺の熱いラヴを注入され、嬉しさのあまり気を失ってしまったのだろう。

紳士な俺は風邪を引かないよう、制服の上着をかけておいた。

「私、割と本気であなたがいつか新聞の一面を飾るような気がしてきたわ」

「ふ、まあそう褒めるな」

今から〝世界お兄ちゃんにしたい人ランキング〟の話をしてもしょうがないだろう？

いや、二〇二〇年の〝東京お兄ピック〟の方か？

まあどちらにせよ、世界一だと褒めるのはまだ早い。

俺などまだまだ未熟――さらなる〝高み〟を目指さなければならないのだからな。

そう謙遜し、俺は肩で風切る男の姿で教室を後にしながら、最後の武員の入武を心より祝福したのだった。

朱雀たちが帰宅した後、理事長室に白衣を纏った一人の女性が呼び出されていた。

シルエットだけなので、どのような風貌なのかはよく分からないが、年齢はかなり若めのようだ。

女性の前で静かに着座しているのは、カッパ然とした頭頂ハゲの白髪に、仙人のような髭を蓄えた老人——この東武校の理事長を任されている男性だった。

理事長は目の高さで両手を組み、ふうと一息吐く。

「わざわざ呼び出してすまんかったのう、三行先生」

「いえ、気にしなくていいわ。私とあなたの仲だもの。何か重要な用件かしら？」

「うむ、察しが早くて助かる。実は例の帰宅武の件でな」

「まさか五人集まったとでも？」

〝三行〟と呼ばれた女性の問いに、理事長はこくりと頷いた。

それで全てを察したらしく、三行は「なるほど、そういうこと」と静かに瞳を閉じた。

「——私に〝顧問〟を命じるつもりね？」

「さすがじゃな——〝元帰宅武員〟よ」

しかし三行はかぶりを振る。

「それは違うわ。私は帰宅武員にはなれなかったもの。結局設立前に潰されてしまったしね」

「いや、おぬしは立派な帰宅武員じゃったよ。たった一人でこの制度に立ち向かったのじゃからな」

「昔のことよ。でもお礼は言っておくわ。ありがとう」

ふっと微笑む三行に「うむ」と理事長の口元も和らぐ。

「話を進めるが、すでに状況を把握しておる教員たちには、動揺が広がっておってな。早いうちに沈静化せねばならん。おぬしには〝レイヴンの可能性を広げる〟という名目で、〝監視〟の立場として顧問についてもらいたい」

「それは構わないけれど――本当にいいの？」

「――」

一切逡巡のない首肯――それが理事長の返答だった。

「分かったわ。じゃあ最後にもう一つだけ」

「うむ。言うてみい」

「わざわざこの私を呼び出すくらいだもの」

そこで三行は言葉を切り、理事長の温厚そうな瞳を真っ直ぐと見つめながら問う。

「――その子たちに何を求めるのかしら？」

　三行の問いに、理事長は微笑みながら返した。

「それはおぬしが一番分かっておろう？」

　一瞬驚いたような表情を見せた三行だったが、「なるほど。確かにそうかもしれないわね」

と相好（そうごう）を崩した。

「ではこの三行半奈（はんな）——これより顧問の任に就（つ）かせてもらうわ」

「うむ、任せたぞ」

「ええ」

　大きく頷き、三行は理事長室を後にする。

　一人残った理事長は、窓の外に視線を移し、小さく嘆息（たんそく）しながらこう独りごちた。

「……〝変革〟か。起こせたらよいのう」

その③　ＬＬＢＢＡ

　お兎乃（との）ちゃんを武員に加えたことで、帰宅武の設立に必要な条件の一つをクリアし、後は顧問だけだと勢い込んでいた俺たちだったが、なんと幸運なことに、レイヴンの可能性を広げるためということで、理事長がわざわざ顧問を用意してくれたらしい。

　やるじゃんあのカッパ！　とハゲを称（たた）えた俺たちは、件（くだん）の顧問と顔合わせを行うべく、夕暮れの街へと繰り出していた。

　というのも、今回俺たちの顧問になってくれた、養護教諭の三行半奈（みくだりはんな）先生は、いつも定刻きっぱりで帰宅しているらしく、それ以降はこれから向かうところにいるんだとか。

　レイヴンの中でも公務に従事している者には、副業も認められているので、もしかしたら別の仕事を掛け持ちしているのかもしれないな。

「でもあれね。わざわざ出向かなくとも、顔合わせくらい学校で済ませればいいと思うのだけれど」

「仕方ないだろ。俺たちのところほど、保健室の先生が忙しい学校もないだろうしな」

「そうですね。常に満床だと聞いています」

「だなあ」

もちゃもちゃとお団子の咀嚼音を響かせながら頷くのは姫だ。

学校を出る前にもなんか食ってた気がするが、もう腹減ったのかこいつは……。

「あ、あの、それよりさっきから怖い人が後ろを付いてくるのです……」

ぷるぷるとチワワのように震えるお兎乃ちゃんに生唾を飲み込みつつ、俺もちらりと横目で見る。

「……」

確かに何が入ってんのあの頭的なリーゼントの男性が、周囲に睨みを利かせながら、俺たちの後ろをずかずかと付いてきていた。

「大丈夫ですよ、兎乃ちゃん。あの人はとても優しい人ですから」

「え、そうなのですか?」

いやいや、そんなことはないでしょう。

とても優しい人は頭にフランスパンなんか載っけませんしね。

でもまあ御世さんがそう言うくらいだし、あの人は彼女のお知り合いか何かなのかもしれん。

もう一人の御世さん(?)に通ずるところがあるしな……。

ともあれ、あの人も俺たちに気を遣わせないよう近づいては来ないけれど、何故か俺への視線が完全に敵対派閥へのそれなのが気になるなあ……。初めて会うはずなんだけどなあ……。

「お、おで、お前のケツ……掘る！　的な感じね」

「人の心を読んだ挙げ句の結論がそれ!?」

というか、なんなのそのキャラ!?

「まあそのくらい要注意人物なのでしょう」

「だからなんでだよ……。むしろ俺より向こうの方が要注意だろ……」

確認するように後ろの様子を窺えば——ぎろりっ。

「……」

あかん、めっちゃ睨まれとる……。

お兎乃ちゃん同様、ぷるぷるする俺の心情を察したのか、御世さんが「ふふ」と微笑みながら言う。

「あの人は私を守ってくださる方でして、母の友人だと聞いています」

「御世さんのお母さんのお友だち……」

随分アグレッシブな交友関係ですね……。

「はい。私の家の門限が厳しいのは、朱雀さんもご存じでしたよね？」

「ああ、うん。それが原因で帰宅武に入ってくれたはずだしな」

「ええ、そうなんです。実はうちの門限は、基本的に〝五時〟でして……」

「はえーっ⁉」

　がーんっ、とショックを受ける俺。

　いや、五時って……小学生でもそんな早く帰らんだろ……。

「ええ、私もせめて五時半にして欲しいとお願いしてはいるんですけど……」

「いやいや、そこは七時とかさ……」

　三〇分じゃほとんど変わらんし……。

「らほれほろもんへんらひひしひのら」

「そしてお前は食いながら喋るな」

　頬をハムスター化させている姫を注意すれば、彼女は口の中のものをごくりと一気に飲み込んだ。

「――ぷはあっ。うむ。いや、それほど門限が厳しいということは、それだけ親御さんに大事にされているのだろうな、と」

「そうね。窮屈に感じるかもしれないけれど、可愛い女の子だし、あなたのことが心配なのでしょう」

「いえいえ、可愛いだなんてそんな……」

　否定するかのように手を振る御世さん。

　まあ確かに御世さんは可愛いと思う。

垂れ目がちの瞳や、おっとりとした口調からも優しさが窺える上、それらが組み合わさって、甘えさせてくれるお姉さん的なオーラを放ち続けているからな。

悪い意味ではないが、すぐに人を信じてしまいそうな感じだし、親御さんが心配するのも無理はないだろう。


……〝表〟の時は。


「……」

ママチャリに乗った御世さんの姿を思い出し、俺は戸惑いを覚えていた。

レイヴの影響だとは思うが、何故あんなことになってしまうのか。

〝裏〟状態なら、朝帰りどころか、無人島に一人でいても、普通に生活しそうだしな……。

でもああやって別人格が現れるのは、過去に何かしらの大きな出来事があって、現実から逃げ出したいからという話を聞いたこともある。

もしかしたら、俺たちには言えないほど、凄惨な出来事に巻き込まれていた可能性も——。

「実は母が元総長さんだったみたいで……」

ああ、そっちかあ……。遺伝なら頷けるわあ……。

どこかレディースっぽいとは思っていたけど、お母さんが本当にレディースだったとは……。

「それで外には危ない人が多いということで、厳しめの門限を設定されてしまいまして……。少しでも破ると、母のお知り合いの方々が総出でお迎えに来てしまうので、恥ずかしくて……」

なるほど、そのお知り合いの一人が後ろのフランスパンってわけですね？

「だから早く帰りたかったのね？」

「ええ、そうなんです」

御世さんが苦笑い気味に言えば、お兎乃ちゃんも「大変なのです……」と心を痛めているようだった。

さすが我が二番目の妹！　なんて優しい子！　可愛いからちゅっちゅしてやろう！

「ちゅー」

「ひ、ひいっ⁉」

「やめなさい。鬱陶しい」

「――ふぎゅっ⁉」

ぐいっ、と陽子に追いやられ、俺は頰を擦った。おのれ、ちっぱいめ……。

「それにしても、あなたも大概ね。確かに兎乃は小さくて可愛いけれど、そんなにロリがいいのかしら？」

「いや、ロリがいいわけじゃない。父性を刺激される妹的可愛さの子がいいのだ」

お兎乃ちゃんのようなね……じゅるり。

「(がくがくぶるぶる)」

「そう。じゃあここで究極の選択です」

「あん?」

いきなりなんだ?

俺が眉根を寄せていると、陽子はお兎乃ちゃんの隣に姫を並ばせ、こう問うた。

「——永遠に埋められるなら、さてどちらの胸がいいでしょうか?」

「「——っ!?」」

俺とお兎乃ちゃん、そして姫が同時に驚きの表情を浮かべる。

永遠に埋められるなら、だと……っ!?

「お、おい、陽子!?」

「よ、陽子さん!?」

「落ち着きなさい、二人とも。今まさに灰空君が選択中よ」

陽子に諭され、二人が声を静める。

悪いとは思いつつも、俺は改めて二人の胸元を見つめた。

何故なら、これは俺の妹愛を確かめるための試練のようなものだからだ。

眼前に鎮座するのは二つの乳。

片方は俺の愛するお兎乃ちゃんの——なんとも慎ましやかな発展途上中の乳。

そしてもう片方は姫の——「え、これで成長中なの!?」と疑いたくなるような魔乳。

どちらか片方しか選ぶことは出来ず、もう片方とは永遠に別れを告げなければならない。

「お、おい……その……そ、そんなに見ないでくれ……」

「ぐうっ!?」

恥じらう姫のおかげでおっぱいが暴れ、俺に埋めろとさらに強調してくる。

こ、これはいかん!?

すかさずお兎乃ちゃんの方に視線を向ければ、

「は、灰空さん……」

「あ、が……っ!?」

眩しい!? 眩しすぎる!?

庇護欲が、俺の庇護欲がお兎乃ちゃんを抱き締めろと囁いてくるぅ!?

「ぐ、ぐああああああああああああああああっ!?」

性欲と庇護欲が俺の中で壮絶な戦いを繰り広げる。

あばばばばばばばば……。こ、壊れる……。このままでは俺が壊れてしまう……。

「う、ぐぅ……」

俺は逃げるように別の乳を求めて彷徨(さまよ)った。

「朱雀さん……？」

「ぬおっ!?」

しかし御世さんの乳は巨乳――俺の性欲が力を増す！

「おごごっ!?」

だ、ダメだ、こっちじゃない……。

さらに逃げようとスマホの待ち受け画面（白ワンピースの水琴(みこと)）を見れば――今度は庇護欲が増す！

「ぐおおおおおおおっ!?」

俺は頭を抱え、二つの欲から、そして現実からも遁走(とんそう)すると。

「お、おお……っ」

そこで俺はついに出逢(であ)ってしまった。

性欲も庇護欲も湧かない珠玉(しゅぎょく)の乳――紛(まご)うことなき〝垂直〟に！

こんな感動を今まで覚えたことがあったであろうか。

一切の悩みがない、まさに極楽浄土のような乳。

それが今日の前にあったのだから。

「——陽子」

「何かしら？」

だから俺は選んだ。

もうこれしかない、と脳内で満場一致になった答えを。

「俺は——お前がいい」

「えっ……」

一瞬呆けたような表情を浮かべた陽子だったが、みるみるうちに頬が赤く染まっていく。

勘の鋭い陽子のことだ——恐らく俺の考えを読み、怒りに肩を震わせているのだろう。

何せ、口を結んで俯いてしまったくらいだからな。完全にキレてる気がする……。

さすがに謝った方がいいか……、と声をかけようとした俺だったが、

「——つ、着いたわ！　はい、お遊びは終わりよ！」

ぱんっ、と区切るかのように両手を叩かれ、話題を強制終了させられてしまった。

なんかすっきりしないなあ……、と思いつつも、陽子の視線を追ってみれば、

「お、おう……」

「……ライブハウス？」

そう、理事長から通達された住所は、《護国(ウトヴィア)》の街中にある小さなライブハウスだったのだ。

ここに例の三行先生がいるというが、もしかしてバンドか何かをやっているのだろうか。

そんな疑問が頭を過(よ)ぎる中、俺たちは階段を下りていく。

護衛のフランスパンは階段上で待っているようだ。

「あ、今日のライブ予定があるのです。えっと……〝永遠の一七歳！　マジカルリリカルプリズマカノンちゃんライブ！〟？」

「マジカルなのかリリカルなのかプリズマなのかどれかにして欲しいわね。個人的には〝ミンキー〟に一票」

「なんで三択で四つ目が出てくんだよ……」

しかもそれラストに事故って死ぬやつだろ。テレビの特集で観たぞ。

「とりあえず中に入ってみましょう。そろそろ一回目が始まるみたいですし。チケットは……あ、無料みたいですね」

「そりゃありがたい。私の小遣いはもうすっからかんだからな……もぐもぐ」

「お前は食い過ぎだ。もう少し腹持ちのいいやつにしろよ」

「ふ、私の腹にその程度の小細工が通じるわけないだろう？」

「何そのドヤ顔……。腹立つわあ……」

「腹の話題だけに、ってな」

いや、上手くねえよ。


「みんな〜っ！　元気〜っ？」

『元気ーっ！』

「マジカル〜っ！」

『リリカルーっ！』

「プリズマ〜っ！」

『カノンちゃあああああああああああんっっ‼』

「「「「…………」」」」

ミラーボールが華々しく回転する中、むんむんの熱気とともに轟く歓声。

その中央で手を振り、満面の笑顔でファンたちの声援に応えるのは、リボンで結ばれたツインテールに、ふりふりのワンピースを着た一人の少女だった。

年の頃は一〇代後半くらいであろうか。

ライブ予定にも〝永遠の一七歳〟と書いてあったくらいだし、恐らくはその辺りだろう。

〝カノン〟と呼ばれた少女は、「きゃぱっ♪」という感じでウインクしながら、一曲目を歌い始め、

『うおおおおおおおおおおおおおおおおっっ!!』

それに呼応するかのように、ファンたちが激しいオタ芸で場を盛り上げる。

「マジカルリリカルプリズマ～♪」

『はいはーい♪』

「マジカルリリカルプリズマ～♪」

『はいはーい♪』

「カノンは可愛い～？」

『可愛いよー♪』

「ちょっとこの一帯を血の海に変えてくるわ」

「とりあえず落ち着いてそのカッターをしまえ」

真顔で鞄から抜き身のカッターを取り出した陽子を、俺は冷静に宥める。

陽子の気持ちは痛いほど分かるが、今日の目的はこいつらの抹殺ではない。

我が帰宅武の顧問となってくれる三行先生との顔合わせなのだ。

見た感じ、カノンちゃん以外の人はステージにいないし、バンドとかそういうことではないようだ。

ならばこの会場のスタッフか？　まさかファンってことはないよな……。

暗澹たる思いで会場を見渡すが、女性客の姿は見えず、いるのは割と年齢層高めの、些か恰幅のよい男性たちばかりだった。

「どこにいるんだろうな。三行先生は……」

「ここにいても私の不快感が増すだけだわ。事情を話して受付の人に聞いてみましょう」

「そうですね。兎乃もそうした方がいいと思うのです。お耳がおかしくなりそうですし……」

満場一致で会場を後にした俺たちは、受付のおっさんに事情を説明する。

すると、おっさんは無言で俺たちを誘導した後、「ここで待ちな」とステージ裏方にある小汚い感じの事務所へと誘った。

充満する煙草の臭いに顔を顰めつつ、事務所で待つこと一〇分ほど。

『――急いでいつものやつを用意しろ！　間に合わなくなっても知らんぞ！』

「……うん？」

ふいに廊下の方が騒がしくなった。

何ごとかと皆と顔を見合わせていれば、スーパーのカートを押すような車輪の音が、からからと響き始め、

『ぐおおおおおおおおおっ⁉』

『何故こんなになるまで放って置いたんだ⁉　いつもの点滴はどうなっている⁉』

『た、大変です、支配人⁉　点滴の在庫が……っ⁉』

『何っ⁉　ならばありったけの錠剤をすり潰して使え！　生理食塩水があっただろ！』

『し、しかしそれでは⁉』

『構わん！　今は一刻の猶予もないのだ！』

『さ、サーイエッサーッ！』

と、そんな救急救命然とした会話が聞こえてきた。

「……なんだ今の？」

「さあ？　観客の中で倒れた人でもいたんじゃないかしら？」

「確かに凄い熱気でしたし、その可能性はありそうですね」

何やら大事になりそうな空気に、俺は「参ったなあ……」と腕を組む。

これじゃゆっくりと話をしていられなさそうだし、日を改めた方がいいだろうか。

うーん、と俺が眉間にしわを寄せていると、

「我慢はよくないわ。素直に出してらっしゃいな（///）」

「いや、うんこの話じゃねえよ」

つーか、無駄に頬を染めるな。こっちの方が恥ずかしくなってくるわ。

「まあでも確かに日を改めた方がよさそうね」

「だなあ。私も腹減ってきたし……」

きゅるきゅると鳴るお腹を押さえ、げっそりとした顔の姫。

最初はただの意地汚いやつかと思っていたが、真面目に考えてみれば、こいつはこいつで大変なのかもしれないな。食っても食ってもすぐ腹減るわけだし。

それに、御世さんのフランスパンも入り口付近で待たせてるからな。

営業妨害にならないうちに、さっさと退散した方がいいかもしれん。

そう考え、俺は皆とともに事務所を出て、受付のおっさん（支配人？）の元へと赴く。

おっさんはちょうど近くの楽屋から出てきたところだった。

「む、お前たち……」

疲労の色を窺わせながら、おっさんが俺たちに気づく。

「すみません。なんか大変そうなんで、日を改めることにしようかと」

「そうか。悪かったな」

「いえ、構いません。今日はありがとうございました」

御世さんの言葉に続いて俺たちも頭を下げ、踵を返そうとする。

と。

『――構わねえ……。通しな……』

「……えっ？」

ドアの向こうから低い女性の声音が響き、おっさんは確認するように尋ねる。

「……本当にいいのか？」

『二度も言わせるな……。俺ァ〝誰〟だ……？』

「……分かった」

静かに頷き、おっさんは顎で俺たちに入室を促す。

固唾を呑み込みながら、俺はドアノブを捻り、声の主がいる楽屋へと足を踏み入れた。

「……よく来たな、ハナったれども……ぐびぐび」

『――っ!?』

絶句する俺たちの前で静かに鎮座していたのは、全身に管という管が繋がれ、その先に何本もの点滴が下げられた中、ジョッキで酒を呷る初老の女性だった。

それだけでも十分やばそうなのだが、女性はさらに齢六〇を越えていそうなのに、リボンで結ばれたツインテールにふりふりのワンピースという、どこかで見たようなアイドルファッションに身を包んでいた。

『……』

これ、アカンやつや……。

色んな意味でどん引きの俺たちだったが、このまま何も見なかったことにも出来ず……。

まるでＯＮＥ　ＰＩＥＣＥの白ひげが初登場した時のような威圧感で俺たちを見下ろす女性に、俺は恐る恐る問う。

まあ今目の前にいるのは、どう見ても〝白ひげ〟というより〝屍〟という感じのババアなのだが……。

「あ、あんたが三行先生か……？」

「口の利き方には気をつけな、坊主……。今の俺ァ〝カノン〟だ……」

『——なっ⁉』

帰宅武一同に緊張が走る。

確かにどこかで見たことがあるような出で立ちだとは思っていた。

だが信じられるだろうか。

このババア……いや、女性があの〝マジカルリリカルプリズマカノンちゃん〟だと。

というか、信じたくねえよ……。なんなんだよ、これは……。

「驚くのも無理はねえ……。俺がこの業界に足を踏み入れたのは、今から五〇年も昔のことだからな……」

「五〇年⁉」

え？　え？　五〇年って半世紀前じゃ……。

頭の整理が追いついていない俺に、カノンちゃんは続ける。

「俺ァ〝トップアイドル〟になりたかった……。だがアイドルってのは気持ちだけでなれるもんじゃねえ……。始めたのが早くとも、芽が出ねえうちに賞味期限切れになるのが関の山だ……」

『――っ⁉』

瞬間、俺たちは目を疑った。

カノンちゃんが点滴の中の液剤を急速に取り込み始めたかと思えば、同時に彼女の身体(からだ)からシミやしわが消え始めたからだ。

しかもそれだけではない。

さらには肌にも瑞々(みずみず)しさが戻り、徐々に屍状態から蘇生(そせい)し始めたのだ。

まさかこれは……っ⁉　と驚愕(きょうがく)する俺たちに、カノンちゃんは声に張りを戻して続けた。

「ゆえに私はこの力を発現したのよ。生きている限り、永遠に賞味期限が訪れないように出来る——この〝若作り〟のレイヴを！」

「わ、若作りのレイヴ!?」

驚愕する俺の前で、二〇代半ばくらいだったカノンちゃんがさらに若返っていく。

「そう、それがカノンの力♪　永遠の一七歳でいられるスーパーアイドル——マジカルリリカルプリズマカノンちゃんのヴレイヴ——《巡り来る賞味期限（エンドレス・セブンティーン）》なんだよー♪」

べこべこにへこんだ点滴の容器の代わりに、すっかり若さを取り戻したカノンちゃんは、先ほどステージ上で見せたものと同じく、「きゃぱっ♪」とウインクする。

ちっ、という舌打ちが陽子の方から聞こえた気がするが、それは置いておこう。

しかし一体何を吸収すれば、ここまで若作りすることが出来るのか。

ふと気になった俺は、事務所で待っていた時に聞こえた会話を思い出す。

確か何かの錠剤を点滴の代わりに使ったとかなんとか。

「むっ？」

そこで目に入ったのは、部屋の隅に転がる大量の空瓶（からびん）だった。

グルコサミン、コンドロイチン、ヒアルロン酸、コエンザイムQ10、各種ビタミン類など諸々（もろもろ）——。

とにかくありとあらゆるサプリの類（たぐい）を混ぜに混ぜたものを、生理食塩水に溶かし込んでそのままぶち込んだらしい。

すでにミイラ化寸前のカノンちゃんだ。

飲んで効果を待つよりも、直接取り込んだ方が早いと考えたのだろう。

そしてそれを可能とするのが、彼女の持つ〝若作り〟のヴレイヴというわけだ。

なんと恐ろしいBBA（ばばあ）であろうか……。これが……世に聞く〝ロリババア〟か……（違）。

「参っちゃうよねー♪　見た目は若く出来るのに、体力はそのままなんだもん♪　二曲も歌えば干（ひ）からびちゃうわん♪　ぷんぷん♪」

「……」

「落ち着け。俺も我慢してる」

今にもカノンちゃんを刺し殺しそうな眼光の陽子を宥（なだ）めていれば、お兎乃ちゃんが小首を傾（かし）げながら問うた。

「え、えっと、三行先生は」

「ノンノン♪　今はカノンちゃんだよ？」

めっ、と頰を膨（ふく）らませるカノンちゃんに、俺と陽子が本気の殺意を覚える中、戸惑いながらもお兎乃ちゃんは続ける。

「か、カノンちゃんは兎乃たちの顧問（こもん）さんなのですか……？」

「うん、そうだよー♪　でも学校ではちゃんと〝先生〟って呼ばなくちゃダーメ♪　じゃないとカノンちゃん、激おこぷんぷん丸だぞー♪」

　──ダッ！

「お兄ちゃん、どいて！　そいつ殺せない！」

「落ち着け、陽子！　あれはただのババアだ！」

「じゃあババアがどいて！　お兄ちゃんを殺せない！」

「いや、ホント落ち着いてね!?」

　カッターとハサミを両手で振り回す陽子は、すでに錯乱（さくらん）しているようだった。

と。

「えいっ」

「うっ!?」

　御世さんの手刀が延髄（えんずい）に決まり、陽子は膝から崩れ落ちた後、姫の手で室外へと運ばれていった。

　まあ外の空気を吸えば、少しは落ち着くことだろう。

　しかしあの冷静な陽子をここまで追い詰めるとは……。なんて恐ろしいババアだ……。

　再びカノンちゃんの方へと視線を戻せば、「ひぃ～!?　やめてくださいですぅ～!?」と嫌がるお兎乃ちゃんの制服に、油性マジックでサインをしている最中だった。

　あのババア、見境ねえな……。俺のお兎乃ちゃんに何してるんだよ……。

　とりあえず顔合わせも終わったことだし、色んな意味で早々に立ち去った方が賢明だろう。

というか、これ以上ババアの若作りを見ていたくねえ……。

「あの、三行……いえ、カノンちゃんが俺たちの顧問になってくれるというのは分かりました」

「それはよかったよー♪　これからよろしくね♪　でもカノンちゃんは皆のアイドルだから、君だけのものにはなれないぞー？　きゃはっ♪」

「……」

おい、誰かセメント持ってこい。

今すぐこのババアをマリアナ海溝(かいこう)に沈めろ。

その④　武練パワード

多少のアクシデント（?）がありつつも、ロリババアが顧問になったことで、晴れて帰宅武設立——だと思っていたのだが、またもや一つ〝問題〟が生じてしまった。

『——東武校おおおおお——ファイッオオオオオオオオオオッ!!』


そう、この暑苦しい気合いである……。いや、端折りすぎたな……。

つまり俺が言いたいのは、帰宅武の設立に納得のいかない他の武活が、俺たちを潰しにかかって来やがったということだ。

「話がちげえぞ中村ぁ！」と問い詰めたいところではあったが、人生守りに入っている中村先生にはどうしようもないのだろう。

何せ、〝帰れるものなら帰って見せろ〟的に発破をかけたのは、他でもない生徒会だからな。

俺たちの帰宅を阻止した分だけ、その武活には報奨（武費のボーナス）が出るらしいし。

おかげでせっかく貰えた武室（仮）なのに、落ち着けないったらありゃしない。

そういえば、先ほどちらりと見えたのだが、すでに〝ユニフォーム〟に着替えている連中もいたな。

やる気があるのは十分だが、もっと別のことに使ってもらいたいと思うのは俺だけだろうか。

ちなみにこのユニフォームだが、元々は俺たちの着ている〝制服〟だ。

というのも、この制服――正式名称は〝武道着〟と言い、レイヴに感応する素材で作られているため、着用者のレイヴに呼応し、自らの形態を変化させるのだ。

以前見た野球武員や自転車武員も、この力を利用していたので、各々がユニフォーム姿だったというわけである。

中でも生徒会執行武だけは、さらに特別な武道着を身に纏っており、それが水守先輩のようなあの白い制服というわけだ。

ユニフォーム――つまりは〝正装〟になった武道着は、着用者と一心同体となり、その戦闘力をさらに増幅させる。

つまりユニフォーム着用済みのやつらは、すでに二重の意味で〝やる気満々〟ということだ。

まあ文化系の武活などは、制服状態でもユニフォームと変わらない力を発揮したりするので、一概には言えないんだけどね。

ぼくのかんがえた的にオリジナルの服を構築するやつもいるし。

「あらあら、随分と手厚い歓迎ね」

「困りましたね。今日はホームルームも長引いてしまいましたし、あまり時間もないのですが……」

「な、ななななのですか、あの人たちは!? 兎乃たちをどうするつもりなのですか!?」

「安心してくれ。お兎乃ちゃんはこのお兄ちゃんが守るからさ……じゅるり」

「ひいっ!?」

「どうでもいいけど、腹減ったなあ……」

三者三様の反応を見せる俺たちがいるのは、臨時で与えられた武室（仮）だ。

六畳一間程度の広さだが、畳張りの落ち着く造りで、中央にはちゃぶ台も置かれている。

あきらかに校務員室の流用っぽいが、五人でちょっとした会議などを行うには、十分過ぎる空間であろう。

ともあれ、外の様子を見ても分かるように、生徒会の出した条件は、残り一週間となった仮入武期間を、無事乗り切ることが出来たのならば、正式に武活として認めてくれるというものだった。

スタートは武室を出た直後で、ゴールは学校の敷地外一キロ地点。

その間を逃げ切れば、俺たち帰宅武の勝ち――つまり〝帰宅成功〟ということになるという。

敗北条件は言わずもがな、そこに辿り着く前に捕まることだ。

相手は俺たち以外の全ての武活――もちろん中には興味のないやつらもいるだろうが、それでもほぼ全校生徒が敵と言ってもいいだろう。

『いつまで待たせるんだ!?』

『逃げるな、帰宅武!』

『きゃあっ!? 今お尻触ったの誰よ!?(男の声)』

『え、あれ? 男……』

『うほっ』

俺たちは武室の外から聞こえてくる雑音を耳朶に入れながら、作戦会議を行っていた。

「さて、どうしたものかしらね?」

「そうだな。てか、こういう時の顧問じゃないのかよ……」

がっくりと肩を落とす俺の言葉通り、武室内に三行先生ことロリババアの姿はなかった。

保健室にもいなかったので、どこに行ったのかと中村先生に聞いたところ、終業のチャイムと同時に帰宅したらしい。

どうせ今頃ライブハウスで歌ってるんだろうけど、時と場合を考えろよ、あのババア……。

「まあ仕方ないですよ。先生はアイドル活動もされていますし」

「アイドルねえ……」

きゃぱっ、とウインクする先生の姿を思い出し、微かな殺意を覚える俺だが、御世さんの言うように、いないものは仕方がない。

この場は俺たちだけで乗り切るしかないだろう。

「で、でもどうするのですか？　さすがにあれだけの数から逃げるのは、無理があると思うのです……」

「だなあ……。腹減ったあ……」

ちゃぶ台に突っ伏しながら腹を鳴らす姫を放置し、陽子は言う。

「生徒会の提示した条件だと、一人逃げることが出来れば〝一ポイント〟で、土日を抜いたこの五日間で、〝一〇ポイント〟貯めなければならないそうよ」

「つまり最低でも一日二人は逃げ切らなくちゃいけないんだな？」

「ええ。ただ捕まっても減点はないけれど、日替わりの〝罰ゲーム〟が用意されているのだとか」

日替わりの罰ゲーム……。

「うぅ……あまり痛くないのがいいのですぅ……」

両手で頭を抱え、ぷるぷるするお兎乃ちゃんに、俺は内心じゅるじゅると舌なめずりする。

「そうね。私も罰を受けるのは嫌だし、このまま潰されるのも真っ平御免だわ。となれば、方法は一つ——死ぬ気で逃げ……いいえ、〝帰り〟ましょう」

『——』

陽子の言葉に、全員が力強く頷く。

想いを一つにした俺たちは、作戦の最終確認をし、武員たちの待つ廊下へ赴こうとする。

が、ふいに陽子が「あ、ちょっと待ってくれるかしら？」と皆の足を止めた。

「どうした？　作戦の追加か？」

「いえ、でもかなり重要なことよ。悪いけれど、もう一度皆席に着いてくれるかしら？」

「おう、分かった」

時間に余裕があるわけではないが、重要なことならきちんと聞いておかなければならないだろう。

今一度皆が元の席へと戻れば、陽子は「ごめんなさいね」と前置きし、言った。

「でもこれだけは決めておかないといけないと思って」

『？』

小首を傾げる一同の前で、陽子はごそごそと鞄から一冊のノートを取り出す。

それをぺらぺらとめくった陽子は、そこに描かれていたものを皆に見せつけた。


「…………」

『……』

いや、なんだこれ……。

俺同様、言葉を失う一同だが、陽子はいたって真面目な顔だ。

しかしこれは……ハニワ、であろうか？　いや、たぶんそうだろう。

問題は何故今この瞬間に、ハニワの顔文字らしきものを皆に見せつけているのかということである。

場をもの凄く微妙な空気にした陽子は、静かに口を開き始めた。

「皆も薄々感じていたとは思うけれど、やはり武活には〝シンボルマーク〟が必要だと思うの」

「……」

いや、恐らくは誰も感じてねぇよ。

ジト目を向ける俺の気持ちなどつゆ知らず、陽子は次第にテンションを上げながら、別のページをめくっていく。

「そこで私なりに色々考えてみたの。最初はこの非常口のような感じで、棒人間的なシンボルマークを思いついたわ。でもダメ！　可愛さが足りない！」

何故シンボルマークに可愛さを求めたのか。たぶん俺には分からんこだわりがあるのだろう。

びりっ、と棒人間のページを破ってポイし、陽子は次のページをめくる。

「ならば、と〝帰宅〟に因んでカエルのキャラを描いたわ。でもダメ！　何度描いてもベロロン斬りの方になってしまうの！」

いや、それは単にあんたの趣味だろ……。でもそのカエルは相変わらず世界一かっこいいな。

「……これは保存しておきましょう」

「おい」

俺の突っ込みも空しく、陽子はカエルのページを破ることなく、大事そうに切り取って、ファイルの中にしまった。

「話を戻すけれど、私はとにかく考えたの。一目で帰宅と分かるような、それでいて愛着の湧くシンボルマークを」

「それで思いついたのが、先ほどのハニワさんですか？」

御世さんにそう問われた陽子は、自信を持って「ええ、そうよ」と頷く。

「もう一度見てくれるかしら？」

ぺらり、と陽子がページを戻せば、

「……」

『……』

いや、だからなんなんだよこれは……。

白目をむく俺の前で、陽子はしたり顔を浮かべながら、ハニワの左手に何かを追加していく。

それは〝□⊂〟↑こんな感じのものだった。

「あ、もしかして……」とお兎乃ちゃん。

彼女のその反応に、陽子はにいっと大きく口元を歪め、「そう！」と声を張り上げて言った。

「――〝鞄（かばん）〟よ！　このハニワの絵文字にこの鞄を持たせるだけで――あら不思議！　なんと帰宅中の絵文字になるの！　しかもとても可愛いわ！」

何故そんなにもハイテンションなのかは知らないが、陽子の口はすこぶる饒舌（じょうぜつ）だった。

「これを円で囲えばもう完璧（かんぺき）！　描きやすいというのも利点よ！　どうかしら？　私的にはかなり自信があるのだけれど？」

平らな胸をえっへんと張り、ドヤ顔で言う陽子。

まあ確かに分かりやすいし、シンボルマークが必要なのかという根本的な疑問を差し置けば、俺的にも別段言うことはない。後は他の連中がどう思うかだろう。

意見を伺（うかが）うべく視線を向けてみれば、姫は親指をちゅぱちゅぱしながら飢（う）えを凌（しの）いでいた。

とりあえず賛成ということにしておこう。

「私は陽子さんのアイディアでいいと思います。もし旗などを作られるのであれば、お知り合いにとてもよい仕事をされる職人さんがいらっしゃいますので、私に任せていただければと」

「……」

柔和に微笑む御世さんだが、しかしお知り合いの職人さんか……。

そう言われると、完全に〝夜露四苦〟って感じの方々しか思い浮かばないのだが……大丈夫かすら……。

そんな杞憂を一人抱く俺だが、陽子は「ええ、お願いするわ」とすでに旗を作る気満々であった。

「兎乃はどうかしら？　何か他にもアイディアがあれば、遠慮なく言って頂戴」

「え、えっと、確かに陽子さんのアイディアも可愛くて好きなんですけど、兎乃的には顔文字さんではなく、ちゃんとマスコットみたいにしてもいいと思うのです」

「へえ……」

「ひいっ⁉」

びきっ、と陽子の額に青筋が浮かぶ。

自分で遠慮なく言えと言いつつ、言ったらキレるなんて、貧乳の風上にも置けないつるぺたである。

――ぎろりっ。

きょ、巨乳の風上に置けるボインです、はい……。

鬼気迫る眼光で凄まれ、滝のような汗と涙を流す俺とお兎乃ちゃんに、陽子は一息吐いて言う。

「……まあでも確かに兎乃の言うことも一理あるわ。シンプルさを重視し過ぎて、中身が薄い気もするからね」

「ごめんなさいなのです……」

「いえ、謝る必要はないわ。こういうことは皆で決めるものだしね」

「陽子さん……」

お兎乃ちゃんの顔がぱあっと明るくなり、俺もほっと胸を撫で下ろす。

なんだかんだ言いつつも、陽子は皆のことをよく考えているからな。

あんまりそう見せないようにはしているけれど、何気に一番仲間思いだし。

うんうん、と温かい眼差しを俺が向けていれば、陽子は「分かったわ」と大きく頷き、ノートを差し出しながら言った。

「じゃあ兎乃、ちょっとここにどうしたいかを描いてもらってもいいかしら？」

「あ、はいなのです」

「それから灰空君、兎乃が描き終わるまで彼女をぺろぺろしていいわ」

「え、マジ!?　うほおおおおおおおおおおおおおおおおおっ!!」

「え、えええええええええええええええええっ!?」

がーんっ、とショックを受けたお兎乃ちゃんの要望は——言わずもがな、〝なし〟だった。

すまねえお兎乃ちゃん、陽子は仲間思いじゃなかったわ。ぺろぺろ。

シンボルマークも無事（？）決まり、俺たちは本来の目的に戻って、廊下へと赴く。

ドアから三メートルは離れるのがルールなので、俺たちは左右からの挟み撃ちに遭う形になっていた。

「やっと出て来やがったか！」

「逃げずに出て来たのは褒めてやるぜ！」

「きゃあっ!?　今度はスカートの中に手が!?（男の声）」

「え？　え？　あれ？」

「うほほっ」

見渡せば、多種多様なユニフォームや、武器（ラケットなど）を携えた武員たちが、開戦の合図を今か今かと待ち侘びていた。

合図を出せるのは俺たち帰宅武だが、駆け出したらそれが合図だと見なされるらしい。

ならば、と互いに睨み合うこと数秒——俺たちは目配せし、駆けた。

『——行けえええええええええええええええええええっ!!』

同時に響くのは、万の軍にも匹敵する雄叫びと、地を揺らす靴音だった。

が、俺たち〝四人〟が駆けたのは、廊下の先ではなく、先ほどまでいた武室内だった。

「うおおっ！」

そのまま俺たちは窓の外へと飛び出す。

『うわあああああああああああああっっ!?』

遅れて聞こえてきたのは、武室内に乱入して来た武員たちの悲鳴だった。

やつらは何が起こったのか、理解すら出来なかったことだろう。

あれほどの大群が、いとも容易く〝弾かれた〟のだから。

――絶対防御。

こちらからの攻撃も動くことも出来ない代わりに、襲い来る全ての攻撃を弾き返すことが出来る、お兎乃ちゃん最大最強の防御壁だ。

「すー……すー……」

窓から飛び降りながら、俺は一人武室で静かな寝息を立てているお兎乃ちゃんの姿に、ぐっと涙を拭った。

最年少かつ可憐なお兎乃ちゃんを一人残すことに、俺は最後まで反対した。

出来ることなら代わってあげたい。

いや、全てを貧乳か魔乳に任せて、マイホームへと連れて帰りたい。

心底そう思い、他の手はないかと訴え続けた俺だったが、今は何よりもポイントを稼ぐことが重要だと諭され、歯を嚙み締めるしかなかった。

世界のお兄ちゃんとしては、最低極まりない行為であろう。

だがそれでも、初日に与えるインパクトは大きくなければならない——それが皆で出した結論だった。

お兎乃ちゃんもそれを分かってくれた上で、罰ゲームを受けることを覚悟し、一人残ってくれたのだ。

ならば彼女の思いを無駄にするわけにはいかない。

「ぐっ……」

すまない、お兎乃ちゃん……。俺は……俺は——。

「——うぐえっ!?」

着地ーっ!?

「コントはそれぐらいにしておきなさい。急ぐわよ」

「お、おう……」

鼻血を荒々しく拭い、俺たちは駆ける。

俺たちレイヴンにとって、二階くらいの高さなら、こうして飛び降りることも出来るのだ。

が。

「――はあっ！」

『――っ!?』

俺たちでそれが出来るのならば、当然、その策に出るパターンも考えていたことだろう。

――とくに〝運動系武活〟の面々は。

裂帛の気合いとともに繰り出されたその一撃を、陽子は袖の中から取り出した〝もの〟で受け止める。

「……ほう？」

大したものだと口元を歪めるのは、後頭部で髪を一本縛りにした青髪の少女だった。

身に纏うのは、同じく青色の、全身タイツのようなユニフォームだ。

引き締まった身体の造形がくっきりと浮き出ており、まるでウルトラの母のようなエロさを醸し出していた。

少女が手にするのは、切っ先から石突まで、その全てが真紅に染まった一本の槍で、それが陽子の取り出した〝もの〟を貫き、彼女の鼻先数ミリのところで止まっていたのだ。

「驚いたわ。まさか〝アイアス〟を貫通しうる槍があろうとはね」

「アイアス……？」

と、首を傾げながら、俺は陽子の握る〝もの〟を見やる。

それは――イケメンアニメキャラがケツを突き出しているスポーツタオルだった。

「ほげーっ!?」

がーんっ、とどん引きで白目をむく俺。

ちょ、槍がアイアスさんのケツにがっつり刺さっとるじゃないですか!?

「……貴様、何者だ？」

槍を突き入れようとする少女に、陽子はぎりぎりと受け止めつつ、強気な笑みで答える。

「ただの婦女子よ」

たぶんその〝ふ〟は腐ってる方の〝ふ〟だと思うな、俺……。

「戯(ざ)れ言(ごと)を。貴様からは――私と同じ臭(にお)いがする！」

あ、こっちも腐ってるっぽい……。

互いに距離を取り、再度ぶつかり合う両者の様子を、俺は心底げんなりした様子で見つめる。

ホモォの何がいいのかは、俺にはさっぱり分からないが……いや、ちょっと待てよ？

水琴(みこと)とお兎乃ちゃんの絡みという風に言われてみれば――なんか頷ける気がする！

これが異文化交流か……。

と。

「――ぐぼあっ⁉」

しみじみと頷いていた俺の頬が、突如何者かによって蹴り飛ばされた。

何すんのいきなり⁉　と涙目で振り返れば、陽子だけではなく、姫に御世さんまでもが、他の武員たちと戦闘を繰り広げていた。

そう、陽子たちのホモホモしさですっかり忘れていたが、今は全武活による帰宅武潰しの真っ直中なのである。

陽子たちの戦闘を皮切りに、〝散ッ！〟的な感じで、皆も戦闘行動に入っていたのだろう。

まあ俺は水琴とお兎乃ちゃんが頬をくっつけながら、「お兄ちゃん大好き！」と微笑む絵を想像しておりましたがね。

そりゃ蹴られるのはおろか、蟲蔵の中に落ちて「馬鹿な人……」とか言われても文句は言えないだろう。

「余所見はよくないな、帰宅武」

そんな俺の前に立ちはだかったのは、細身だが引き締まった身体の少年だった。

顔にはピンクのグラサンをかけており、髪型はオールバックのような感じだ。

どこか威圧感を感じさせる少年に、俺も身構える。

「不意打ちはよくないだろ……」

「笑わせるな。戦闘中に鼻の下を伸ばすお前が悪い」

「いや、頷いてどうする……げふんっ。俺は久我良介。〝陸上武〟の副武長で、〝短距離走〟を得意とするレイヴンだ。まあ〝ストレート久我〟なんて呼ばれたりもしてもいるがな」

「ほう。ストレートだかパーマだか知らないが、この灰空朱雀――絶対に負けねえぜ！」

不遜な感じの口調で言う久我に、俺も負けじとメンチを切る。

「面白い！　ならばお前の力を見せてみろ！」

咆え、久我は地面を陥没させるほどのスタートを切る。

さすがは《短距離走》の武員――自らのスプリント能力を最大限に発揮し、やつは一瞬のうちに俺の眼前へと肉薄した。

「うおっ!?　はええ!?」

「お前に足りないものを教えてやろう！」

「何っ!?」

「それは情熱思想理想思考気品優雅さ勤勉さ！」

防戦一方の俺に浴びせられたのは、久我の人智を越える連脚だった。

「ぐうっ!?」

ぼ、防御が破られる!?

「そして何より――」

「なるほど、確かに」

――ズガンッ！

「ぐあっ⁉」

遠心力を最大にした久我の回し蹴りが、俺の脇腹に深々と突き刺さる。

「〝速さ〟が足りないっ！」

「まっばーっ⁉」

身体をくの字に曲げながらぶっ飛ばされた俺は、そのまま陽子の薄い胸元へと飛び込み、

「邪魔よ！」

――ゴッ！

コンボが繋(つな)がりました。

「ひぎぃっ⁉」

陽子のソバットを受け、再び久我の元へと舞い戻った。

「今だ！　ヴレイヴ――《最速の理論(アールジーエス)》ッ！」

「ぎょえーっ⁉」

渾身(こんしん)の飛び蹴りにぶっ飛ばされ、「あばばばば……」と痙攣(けいれん)する俺に、久我がドヤ顔で言う。

「これが〝陸上武〟の力だ」

「……は、半分は帰宅武なんですけど……ぐふっ」

まだ何もしていないのに、すでに瀕死(ひんし)の俺だった。

どうやら俺たちの行く手を阻んでいるのは、運動系武活の代名詞とも言える、〝陸上武〟の面々だったらしい。

そしてその〝副武長〟だと久我は言った。

なるほど、どうりで強いわけだ。

となると、さっきの槍少女は、〝やり投げ〟のレイヴンということになるのだろうか。

今はまだ数人程度しかいないが、ここでもたもたしていたら、先ほど振り切った連中に追いつかれてしまうだろう。

早々にこいつらを退けなければ……。

気合いで起き上がりながら横目で見れば、姫が肩にハンマーを担いだ大柄の武員と対峙している最中だった。

久我のようなスピード系とは違い、パワー系の〝ハンマー投げ〟だ。

やつは姫を見下ろし、泰然自若に佇みながら、片言で口を開いた。

「クックックッ、俺ハ〝ハンマー投ゲ〟ノジャック。少シハ楽シメソウダナ」

どうやらハンマー投げの武員ことジャックは、生粋の日本人というわけではないらしい。

確かに体格がステロイドでもやってそうなほどのゴリマッチョだ。

ジャックの言葉を聞いた姫は、鼻で笑いながら返した。

「ふん、いいだろう。だが私はあまり強くないぞ！」

「……」

でしょうね……。あんた〝早消化〟のレイヴンだし……。

思わず頭を抱える俺だが、突如としてジャックの笑い声が辺りに響き渡った。

「クックックッ、ソウイウコトヲ言ウヤツガ一番厄介ナノダ。ユエニ迂闊ナコトナドシナイ。勝利トハ冷静ニ相手ヲ分析シタ方ガ勝ツノダ」

どうやらジャックは、意外にもあの見た目で頭脳派らしい。

〝脳筋〟などと揶揄されるマッチョに頭脳が組み合わされたとなれば、これは強敵かもしれん。

「ぬぬぬ、何を言ってるのかよく分からん……」

だってこっちあれだしなあ……。

頭へ行く養分が全部おっぱいに行ってんじゃないの、あの子……。

本当に大丈夫だろうか……、と心配する中、「グオオオオオオオッ！」とジャックが攻撃を仕掛ける。

「ぬっ!?」

ジャックはその無慈悲なる鉄球を遠心力に任せて振り回し、姫を襲い始めた。

対する姫の武器は素手だ。

レイヴで強化しているとはいえ、正面からぶつかればひとたまりもないだろう。

そうでなくとも、ジャックの体格はゴリラみたいな感じなのである。

姫の圧倒的不利な戦況が窺える戦いだったが、彼女は諦めず、必死に鉄球を躱し続けていた。

これが本物の〝武活道〟である。

やはり〝早消化〟とかいう、意味不明なレイヴで相手をするのは無理がある――そう思うのが普通であろう。

だが今は全てのものが〝武〟として成り立つ世の中だ。

プラスチック定規でさえ刃物になる――そんな世の中なのだ。

ならば腹減りで鉄球に勝つことだって、出来ないことはない――少なくとも、姫をはじめとした帰宅武員たちは、皆そう信じていたと思う。……たぶん。


「――ヌオオオオオオオオオオオッ!?」


事実、先に片膝をついたのは、姫ではなくジャックの方だった。

姫が攻撃した素振りはまったく見えなかった。

にもかかわらず、ジャックは冷や汗を滴らせ、キッと姫を睨み付ける羽目になっていたのだ。

一体どういうことなのか。他の陸上武員たちにも動揺が広がるが、それは姫も同じだった。

何故なら彼女は本当に何もしていないからだ。

ただひたすらにジャックの攻撃を躱し続けていただけ。

ただそれだけで、何故かジャックは苦悶の表情を浮かべながら、地に膝をついていたのだ。

「ヨ、ヨモヤコレホドトハナ……」

「何っ？　どういうことだ？」

苦しそうに言葉を紡ぐジャックに、姫の手も止まる。

「フ、コノ俺ヲココマデ熱クサセタノハ、オ前ガ初メテダ……」

「おい、質問に答えろ。さっきから何を言っている？　それに私は何も……」

「シテイナイトデモ思ッテイタノカ……？　ナルホド、ナラバ頷ケヨウ……。オ前ノ動キハ意図サレタモノデハナカッタ……。ダカラコソ俺モ……グッ!?」

「お、おい!?」

蹲るジャックに駆け寄ろうとする姫だが、

「――来ルナッ！」

「――っ!?」

鬼のような剣幕で制止させられる。

「ソ、ソレ以上、来テハナラヌ……」

「し、しかし……」

「オ前ニ会エテヨカッタ……。コレデ俺モ……ウッ!?」

「お、お前……」

最後に優しそうな笑みを浮かべながら、ジャックはこう姫に告げた。


「――ナイスオッパイ……ッ」


「……はっ？」

一気に冷めた顔になる姫。

つまりこういうことである。

攻撃を躱す姫の魔乳の暴れぶりに、思わず前屈みになってしまったのだ。

いや、でも気持ち分かるわあ……。ここからでさえ、すげえ揺れてたからなあ……。

それが目の前にあったらそりゃねえ……。そうなりますよねえ……。

「……」

全てを理解した姫は、酷く冷たい瞳でずかずかとジャックに近づいたかと思うと、

「――ふぎゅっ!?」

そのまま思いきり股間のテントを踏んづけたのだった。

ぽて、と失神するジャックに背を向ける姫だが、

「――やれやれ、情けないですね」

「……むっ？」

彼女の前に再び陸上武の武員が立ちはだかった。

あれだけのハンマー攻撃を避け続けたのだ――姫の体力もかなり削られていることだろう。

勝利を目指す以上、そこを突いてくるのは当然の道理。

確かに卑怯な手ではある――が、しかし今行われているのは、ルール無用の潰し合いなのだ。

酷だが、文句を言ったところで何も解決はしない。

「――姫には戦うことしか出来ないのだ」

「いてててててっ⁉　人の足固めながら何言ってんのあんた⁉」

アキレス腱固め中の久我に突っ込まれるも、俺はまだ体力の回復途中だ。

腱が切れない程度にもう少し締めておこう――ぐいっと。

「ひぎいっ⁉」

あ、ちなみに言い忘れていたけど、愛する妹を守るために、この灰空朱雀――タフネスだけは無駄に鍛えてたりするんだぜ。

たとえ何が起ころうと、大事なものを守るために立ち上がってこられるようにな。

ので、調子に乗ってやたらと蹴り込んできた久我の足をホールドするのに、さして時間はかからなかったというわけだ。

ともあれ、姫の前に現れたのは、中性的な顔立ちのボーイッシュな少女だった。

異様に手足の長い彼女は、にこりと微笑みながら姫に右手を差し出してきた。

「私の名はアマ＝ナイ。お手柔らかに」

「……ああ」

罠かもしれないが、それでも姫は彼女の手を握る。

てか、また外国人枠じゃねえか。しかも今度はアジア系の上、無駄に日本語上手だし。

俺が内心突っ込んでいる間にも、しっかりと握手を交わした二人は、素早く後ろに飛んで距離を取った。

「さて、魅せますか」

どこか余裕を感じさせる声音でそう言うアマ＝ナイに、姫も警戒心を抱いているようだ。

と。

「――では」

「――っ!?」

なんの前触れもなくアマ＝ナイが浮いた。

どういうことかと驚いたのは、もちろん姫だけではなかった。

「あれは……」

目を凝らす俺の視界に飛び込んできたのは、円形に窪んでいる地面だった。

「――跳躍。コンクリートの床を踏み抜くほどの脚力を以て、初めて可能となる跳躍法だ」

「い、今のがただの〝跳躍〟だっていうのか⁉」

いきなり真顔になった久我の解説に納得のいかない俺だったが、事実アマ＝ナイは信じられないほどの滞空時間で姫に迫っていた。

恐らくはあの少女――〝高飛び〟の武員だ。

「が、ぐっ⁉」

そして姫を襲うのは、夕日を背にした〝上〟からの猛攻。

宙空で姫に蹴りを当て、その反動で滞空し、再度蹴りを繰り出す。

これを繰り返すことで、〝相手が反撃出来ない〟という絶対優位の条件を作り出す――それがアマ＝ナイの戦闘スタイルだったのだ。

「あのバランスのいい姫が⁉」

と、驚きの声を上げるのは、《やり投げ》の少女と交戦中の陽子だ。

俺はよく知らんのだが、姫はバランスがよかったらしい。

「どうですか？　反撃出来ないでしょう？」

すでに勝利を確信していると見え、アマ＝ナイの顔に笑みが浮かぶ。

当然だ。格ゲーで言えば、完全にパターンが入っているのだから。

「うぎゃああああああああああああああああっっ!?」

あっという間に体勢の崩れた姫は、そのままアマ＝ナイに踏まれ続ける。

数秒後、砂煙の晴れた地面には、蛙のように這いつくばりながら、ぴくぴくする姫の姿があった。

「――」

そして彼女の上に杭が如く屹立するのは、姫をこのような姿にした張本人――両腕を大きく広げ、満足げに微笑んでいるアマ＝ナイだ。

完勝の余韻に浸りながら、アマ＝ナイは微笑みを崩さず、姫の上から下りると。

「ぬっ!?」

唐突にアマ＝ナイはその場から退いた。

着地の際も優雅なもので、アマ＝ナイの足元からは音一つ立たなかった。

「あなたは……」

アマ＝ナイが視線を送る先にいたのは、悲しげな表情で白目の姫に寄り添う、一人の少女だった。

彼女の脇にあるのは、きちんと整備された一台の折り畳み自転車――そう、御世さんである。

どんな事態でも全力を出せるようにと、新しく購入し、武室に置いておいたのだ。

見た感じ、御世さんはほぼ無傷のようだが、先ほどまで相手をしていた武員はどこに……って、あ、向こうで伸びてるわ。

さすがは御世さん。まあやったのは、もう一人（?）の方だろうけど。

御世さんは姫の白目を手で覆い、まぶたを閉じさせた後にほろりと涙を流しながら言った。

「カボチャさん、あなたの死は無駄にはしませんからね……」

「い、いや、まだ生きてる……ぐふっ」

かくんっ、と首が落ち、姫は今度こそ気を失ってしまったようだった。

ついでに閉じたはずの白目も再び開いていた。

えげつねえ……、と俺は口元を拭う。

レイヴンの戦いに女子どもは関係ない——たとえ国宝級の美少女であったとしても、問答無用で顔面を殴られるのが今の世なのだ。

「おかしいですね。先ほどの殺気はあなたが？」

「ふふ、どうでしょう」

いつものように微笑む御世さんに、俺は姫のようにはならないよう祈りを送る。

姫はまああれだが、御世さんの白目はあまり見たくないからな。

頑張ってくれ、御世さん！

アマ＝ナイの前に赴いた御世さんは、「よいしょ」と一声かけながら自転車に跨った。

「ほう？　あなたは自転車を使うのですか？」

何気なく尋ねたアマ＝ナイだったが、

「――だったらなんだってんだ？　タコ」


「んなっ!?」

雰囲気のがらりと変わった御世さん（裏）に、思わず後退っていた。

しかも髪を掻き上げたことで、すこぶる寄っていた眉間のしわが、さらに強調されていた。

「一応あの乳女もダチなんでな。礼はたっぷりさせてもらうぞ、このナル野郎」

「ず、随分失礼な人ですね。……いいでしょう、あなたも私が潰して差し上げましょう！」

一触即発の空気が二人の間に渦巻く。

戦いの火蓋が切られたのは、直後のことだった。

「しゃあっ！」

「オラアッ！」

両者が同時に宙を舞うが、やはり〝高飛び〟のレイヴンだけあって、飛距離はアマ＝ナイの方が上だ。

が。

「させっかよっ！」

「何っ⁉」

御世さんが放った紐状のものが、アマ＝ナイの足に巻きついた。

「あれは……自転車のチェーン⁉」

そう、御世さんが取り出したのは、自転車の動力部に付いている、金属性の〝チェーン〟だったのだ。

そういえば、不良ってよくチェーンを鞭代わりにしてるんだよな……。

俺がそんなことを考えていると、御世さんは巻きつけたチェーンを勢いよく引っ張った。

「落ちやがれっ！」

「ぐうっ⁉」

引っ張られた上、体勢を崩されたアマ＝ナイは、御世さんよりも早く地面に落ちるが、寸前で器用に反転し、なんとか足から着地する。

「食らえっ！」

「甘いです！」

そのまま逆に踏み潰そうとした御世さんだったが、アマ＝ナイはその脚力でぎりぎり真横に飛んだ。

刹那（せつな）、ほとんど同タイミングで御世さんが降ってくる。

惜しい！　あとちょっとだったのに！

しかし、

「あめえのは――てめえだっ！」


着地の瞬間には、すでにケイデンスがＭＡＸだったのだ。

御世さんはさらにその〝先〟を読んでいた。

「――なっ!?」

それはすなわち着地と同時に即発進することを意味している。

アマ＝ナイが飛んだ方向へと、御世さんも急加速したのだ。

「行くぜ、ヴレイヴ――《待ってたぜェ！　この瞬間をよォ！（ロック・デ・ナッシング・ブルース）》ッ！」

よほどの策がない限り、空中で体勢を変えることは不可能であろう。

ということは、当然――轢（ひ）かれる。

「うごぼあああああああああああああああああああああっっ!?」

ヴレイヴを発動させた自転車での猛タックル。

さらには乗り上げて通過——Uターンしてタックル後、また通過。

これを四、五回繰り返されたアマ＝ナイは、文字通りボロ雑巾のようになってしまったのだった。

「まあちょいと足んねえが、こんなもんで許してやっか」

「……」

ど、どん引きなんですけど……。いや、今は引いてる場合じゃないけどさ……。

「ちょ、締め過ぎ締め過ぎ!?」

俺は久我の足を一層締めながら、御世さんに声を張り上げる。

「御世さん！　今のうちに行ってくれ！　今はとにかくポイントを稼ぐんだ！」

俺たちを襲った陸上武は全部で五人。

姫が《ハンマー投げ》のジャックを、御世さんが《高飛び》のアマ＝ナイと名も無き一名を倒し、俺と陽子が残り二人を抑えている。

帰るなら今しかない！

「いや、行ってくれって言われてもよぉ……」

「行きなさい、御世！　姫の死を無駄にしないで！」

「い、いや、だからまだ生きてる……」

ぷるぷると手を伸ばす姫をスルーし、御世さんは「くっ……」とやり切れぬ顔で俺たちに背を向け、

「――てめえら！　死ぬんじゃねえぞ！」

凄まじいケイデンスで駆けていった。

いや、別に死ぬわけじゃないんだけどね……。

校舎の角に御世さんの姿が消えた直後、『うわあああああああああっ⁉』といういくつもの声が聞こえた。

他の武員たちがすぐそこまで来ている証拠だ。急がなければ……。

「ふんぬーっ！」

「あぎゃぱああああああああっっ⁉」

さらに体重をかけ、久我に降参を迫りつつ、陽子たちの方へと視線を移す。

「はあっ！」

「ちいっ⁉」

《やり投げ》の少女に弾き飛ばされた陽子は、ずざざと砂煙を巻き上げながら、地面を滑っていった。

肩で大きく息をする陽子に、《やり投げ》の少女は余裕を見せつつも、厳かな口調で言う。

「よもや我らの武員を三人も退けるとはな。これは予想外だ」

「何を勘違いしているの？　あちらの男子もギブアップ寸前よ。ならば実質四人じゃないかしら？」

「笑止。それこそ勘違いというものだ」

「なんですって？」

陽子が眉根を寄せれば、少女は確固たる自信を持ったドヤ顔で断言した。

「仮にもこの私──陸上武〝武長〟の空風鈴に付き従う〝副武長〟を務める男だ。たとえ腕をもがれようが、足を引き千切られようが、やつは決して負けを認めることはない」

──信頼。

死にそうになるほど辛い練習の中で生まれた絆が、二人の間に固く結ばれているからこそ言える台詞だ。

正直羨ましいな、と俺は口元を和らげる。

まあ、

「──ギブギブギブギブギブギブギブ～ッ!?」

本人めっちゃタップしてるけどな。

「「……」」

「はあはあ……。死ぬかと思った……」

陽子たちが無言で見つめる中、俺のアキレス腱固めから解き放たれた久我は、這々の体で地べたに這いつくばっていた。

「――さあ、続けようか」

「その前にあれに突っ込みなさいな」

何ごともなかったかのように槍を構える空風に、陽子が久我を指差しながら半眼を突き刺す。

「……」

陽子にそう突っ込まれた空風は、すたすたと無表情で俯せの久我に近づくと――ずぶりっ。

「あふぉあっ!?」

「うおっ!?」

やつのケツに槍を突き入れた。

何してんの!?　と両目がずんむり飛び出す俺の前で、空風はぐりぐりと槍を捻る。

「あがががっ!?　ぶ、武長!?　そ、それ以上は!?」

「たわけ。貴様は私の期待を裏切った。その報いを受けよ」

「う、うがあああああああっ!?」

苦痛に喘ぐ久我の姿を間近で見せられ、さすがの俺も口を挟まざるを得なかった。

「お、おい⁉　いくらなんでもやり過ぎだろ⁉」

「ほう？　お前にはこれがやり過ぎに見えるのか？」

「当たり前だ！　見ろよ、こいつの苦悶に満ちた表情を！」

どーんっ！　と地に伏す久我を指差せば、

「――く、悔しいっ！　でも感じちゃう～っ！」


「「……」」

久我はびくんびくんと恍惚の表情を浮かべていた。

「やり過ぎか？」

「いや、そのまま串刺しでもいいと思うの」

つーか、堕ちるの早過ぎだろ。女騎士でももう少し粘るわ。

「あふん……」

汚い顔で久我が失神した後、俺は仕切り直しと言わんばかりのシリアスムードで告げる。

「さて、後はあんただけだな」

俺の横には陽子が並んでおり、後ろには大の字で白目の姫がいる。

俺と陽子は多少疲弊しているが、戦力的には申し分ないだろう。

増援が迫っているこの状況だ。早々に空風を倒し、一刻も早くこの場を離脱せねば。

「久我や他の武員たちを倒したことは褒めてやろう。だが私はやつらのようにはいかんぞ」

「いや、久我を倒したのはあんただろ……」

久我の亡骸を指差しながら突っ込むも、空風はこれを完全にスルーし、颯爽と槍を振り回しながら、「さあ、第二ラウンドと行こうか！」と威勢よく構えた。

空風の眼光は鋭く、彼女の身体から溢れるレイヴも、噴火前の火山が如く滾っており、少しでも気を抜けば、その圧倒的な気迫に呑まれてしまいそうだった。

が。

「……」

俺の関心はそこにはなかった。

空風の気迫以上に脅威を抱かせるものが、俺の視線の先にはあったからだ。

そう――久我のケツに突き入れた槍の穂先である。

もの凄い真面目なシーンなのは分かるんだけど、ケツに突っ込んだ挙げ句、昇天するまでぐりぐりしていたものだしな……。なんかすんごい臭いそうなんですけど……。

じりじりと身を引く俺に、空風の口も饒舌になる。

「どうした？　この槍が怖いか？」

「いや……」

すっ――じりじり。

「その割には腰が引けているぞ？」

「いや、だから……」

すすっ――じりりじりじり。

「クックックッ」

調子に乗ってどんどん距離を縮めてくる空風。

いや、その臭そうな槍近づけるのやめて⁉　なんか凄い威圧感があるんだけど⁉

絶望の表情で後退る俺に、空風は勝機を見たのだろう。

「死ねえっ！」

「うおおっ⁉」

喉元に向けて猛進する槍を、俺はレイヴを全開にして躱す。

空風にすれば、単に槍での刺突を放っているだけに過ぎないのだろうが、俺にはやつの槍がどうしても久我のケツにしか見えなかったのだ。

――やらないか？

やらねえよ!?　やばい!?　なんか幻聴まで聞こえるようになってきた!?

新たな世界の扉を開くまいと、俺は死にもの狂いで空風の突きを躱し続ける。

「先の女同様いい目だ！　よく躱す！」

「ひいいいいいいいいっ!?」

空風のレイヴは、槍とユニフォームの相乗効果で、凄まじい圧力を放っていた。

穂先の届かぬ近距離に入り込めれば、ケツ地獄からの脱出も可能だろう。

しかしリーチは圧倒的に向こうが有利――入り込める隙が見つからない。

というか、ケツの方に行きたくなーい!?

「頑張って、灰空君！　あなただけが頼りよ！」

「おま!?　いつの間に!?」

すでに退避済みの陽子に睨みを利かせつつ、俺はケツ……じゃなく、槍を紙一重で避ける。

このままではジリ貧かと思われた――その時。

「――グオオオオオオオオオオオオオオッッ!!」

「「──っ!?」」

突如として響く雄叫び(おたけ)のような声音(こわね)。

どこのゴリラが吼(ほ)えているのかと思えば、

「……姫?」

そう、声の主は俺たちのよく知る魔乳姫だったのだ。

「……Ｕｒｒ……」

だがその雰囲気(ふんいき)はいつものアホの子とは打って変わり、全身を漆黒(しっこく)のレイヴが包んだ上、双(そう)

眸(ぼう)は白目ごと真っ赤に染まり、怒りの形相(ぎょうそう)で歯茎(はぐき)を剝(む)き出しにしているという、美少女にある
まじき見てくれだった。

しかも──ぱつんっ!

「──なっ!?」

胸元を心許(こころもと)無く覆(おお)っていたＹシャツの前部が弾け飛んだのである。

「ついに限界を迎えてしまったのね……」

俺と空風が言葉を失う中、そう静かに口にしたのは、他でもない陽子だった。

口振りから察するに、陽子はこの状態のことを知っているようだ。

「お、おい、陽子……。これは一体……」

「──〝胸戦士(バーサーカー)〟よ」

「……〝胸戦士(バーサーカー)〟？」

　てか、〝キョウ〟の字違わね？

「姫はね、お腹が空けば空くほど胸が大きくなって、最終的に理性を失って暴走した挙げ句、周囲の人に襲いかかっては、ご飯屋さんの場所を聞き回るの」

　しょーもねー!?　なんだよ、そのレイヴ!?

「というか、それ以前になんで腹が減ると乳がでかくなるんだよ!?」

「さあ？　いいわよね、そんなことで大きくなるなんて……」

「……」

　どこか憂(うれ)いを帯びたような表情で言う陽子の胸元は、姫とは比べものにならないほど垂直だった。

　重苦しい空気から逃げるように姫の様子を窺(うかが)えば、彼女は相変わらずの怖い顔で、黒々としたレイヴに包まれていた。

「Ｕｒｒｒ……」

　炭なのかうんこなのか姫なのかわからないという黒さである。

　陽子の言葉に従えば、俺たちも襲われそうなものだが、今のところその気配は見られない。

　胸戦士(バーサーカー)になっているとはいえ、やはり心のどこかで俺たちのことを覚えて――。

「飯屋ＡＡＡＡＡＡｕｒｒｒｒｒｒｒｒ――――ッッ!!」

「……」

うん、いないわ。あれ絶対覚えてないわー。

くわっ、と睨まれた俺は、襲われないうちに退散しようとしたのだが、

「――動かない方がいいわ。それからレイヴの解放も極力抑えて」

「えっ？」

陽子にそう忠告され、ダルマさんが転んだよろしくぴたりと制止する。

どういうことかと眉間にしわを寄せていれば、姫は槍を構え直した空風の方をじっと睥睨していた。

「誰の許しを得て私を見ている？　この狂犬めがっ！」

吐き捨てるように言い、空風がびゅっと槍の穂先を姫に向けた。

瞬間――ダッ！

「飯屋はどこだAAAAurrrrrrrr――――ッッ!!」

姫が咆哮とともに空風へと飛びかかる。

その姿たるや、完全に狂戦士……いや、胸戦士である。

「しゃあっ！」

だが空風も武長クラスの強者だ。

久我並みの瞬発力を見せた姫の一撃を躱すと、大地を蹴って天高く舞い上がり、「はあっ！」と荒ぶる鷹のポーズを決めた。

そして空中で身体を大きく捻った空風は、「食らうがいい――我が必殺のヴレイヴをっ！」と自身の槍を力の限り振り抜く。

「――《掘り穿つ尻昇の槍》ッ！」

空風の手から放たれた槍は、大気を貫きながら一直線に姫の方へと飛んでいった。

さすがは〝やり投げ〟のレイヴン――狙いは正確かつ速度も申し分ない、完璧な投擲だ。

このまま飛んでいったならば、間違いなく姫はあの槍で串刺しになるだろう。

これが武長クラスの実力だというのか……っ！

「姫っ⁉」

せめて致命傷だけは避けてくれるよう祈りながら、俺は精一杯声を出す。

が。


「――ぐえええええええええええええええええっっ⁉」

「――っ⁉」

断末魔(だんまつま)を響かせながら吹っ飛んだのは、姫ではなく空風の方だった。

砂煙を巻き上げながら地面を転がった空風は、久我や他の武員と同様、大の字でごろりと失神した。

え、どういうこと……？

「さすがは姫ね。胸化(きょうか)して理性を無くしている割には、えらく芸達者な子だこと」

「えっ？」

何が起こったのかとヤムチャ視点な俺に、陽子が「何？　分からなかったの？」と解説してくれる。いや、その前に〝胸化〟ってなんだよ。

「あの黒い子は先に飛んできた槍をなんなく摑(つか)み」

黒い子……。

「続く第二撃の身体を撃ち抜いたのよ」

「なるほど。滞空していただけの身体が第二撃かどうかは置いていて、とにかく姫が槍を投げ返したってことだな？」

「ええ。キャッチしてから再び投擲するまでの動作にまったく無駄がなかったから、あなたには分からなかったかもしれないけれど」

「ああ、正直全然見えなかった。でも一応さっきの攻撃は武長クラスのヴレイヴだったはずだろ？　そんなものをなんなくキャッチ出来るものなのか？」

しかも無駄のない動きで投げ返すって……。

「それが出来るのが、あの子の持つ〝胸戦士(バーサーカー)〟の力よ。理性を失っているから、動くものを見境無く攻撃するというデメリットはあるけれど、空腹が限界に達した姫は、飢(う)えを満たそうと周囲から〝あるもの〟を吸収するの。なんだか分かる？」

「あるもの……？ ——あ、もしかして！」

頭頂に電球的ひらめきの起こった俺は、言わずとして視線だけで答えを告げる。

俺の意志はきちんと伝わったようで、陽子は小さく頷(うなず)いて言った。

「そう——〝レイヴ〟よ。取り込んでも飢えは解消されないけれど、解放したレイヴが大きければ大きいほど、姫に近づけば近づくほど、吸収する力も強くなるわ。だから武長である彼女のヴレイヴでさえ、姫は摑み取ることが出来たの。まあ理性を捨てたことで、反射神経も格段に向上しているのだけれどね」

「なるほどなあ……。今まで馬鹿にしてたけど、〝早消化〟のレイヴ、マジぱねえ……」

間近でその圧倒的な力を見せつけられ、俺は内心姫に詫びを入れる。

と。

「——表は蕎麦(そば)屋……裏、飯屋AAAAAAAurrrrrrr——————ッッ!!」

『うわああああああああああっっ⁉　なんぞおおおおおおおおおっっ⁉』

遅れて現れた他の武員たちを新たな獲物として認識したらしく、姫はさらに成長したおっぱいを上下左右にぶるんぶるん揺らしながら駆けていく。

彼らが襲われ始めたことを確認した陽子は、失神中の空風を背負い始めた。

「何してんだ？」

「何って、帰る準備に決まっているでしょう？　あなたも適当に背負いなさいな。姫が暴れている混乱に乗じて、負傷した武員を運んでいると思わせられれば、校門を通過出来るかもしれないわ」

「おお、なるほど！　お前、頭いいな！」

そう素直に褒めれば、陽子はいつもの口調で「当然よ」と答えるも、どこか恥ずかしそうに頬(ほお)を染め、そっぽを向いていた。

意外と可愛(かわい)いところがあるなあと思いつつ、俺も久我を背負い、姫たちのいる方とは別の方向から校門へと駆ける。

道中、御世さんに轢(ひ)かれたのか、それとも他武活同士でやり合ったのかは分からないが、負傷者が多数おり、陽子の目論見(もくろみ)通り、俺たちはとくに怪しまれることもなく、校門を抜けることが出来たのだった。

ちなみに空風と久我については、校門から一キロ地点にあった、バーガー屋のベンチに座っていたドナルドさんの横に置いてきた。

仲良しトリオみたいでいい感じだった。


皆で練った作戦が功を奏し、初日にもかかわらず、まさかの〝三ポイント〟をゲットすることが出来、達成感に包まれながら帰宅した俺は、風呂でさっぱりと汗を流し、いつも通り水琴が料理を運んでくるのを待っていた。

帰宅中もずっと気がかりであった、お兎乃ちゃんと姫のことも、先ほど無事に帰宅したという旨のメールがあったので、今はただひたすらに安堵している。

今回で三ポイントを稼いだから、残り四日で七ポイントを稼ぐことが出来れば、帰宅武は正式に武活として認められるはずだ。

今日だけで与えたインパクトもかなりのものだったと思うし、他武活同士による手柄の奪い合いも起こっていたから、明日以降、その動きも慎重になることだろう。

ならば今日以上に綿密な作戦会議を行わねば……。

そう神妙な顔つきで考えを巡らせていた俺の元に、水琴が今日の晩飯を運んできてくれる。

玄関を開けた時から匂いで分かっていたが、今日のメニューはカレーだ。

俺の要望で大盛りにされたカレーを、水琴が「はい、お待たせ」とテーブルに置く。

さんきゅー、とお礼を言い、水琴が自分のカレーを持ってくるのを待っていたのだが、彼女の席に置かれたのは、フレッシュなサラダの盛り合わせ（小）だった。

「あれ？　水琴はカレー食べないのか？」

「あ、うん。ちょっとダイエット中だから」

頬を朱にしてそう言う水琴だが……はて？

お兄ちゃんズEYEでは、水琴の体重に大きな変化は見られないのだが……。

しいて言えば、胸元に一ミリほどの変化があるようなないような……。

しかしあんなにも赤い顔で言うくらいだ。

水琴もそういうことを気にする——〝お年頃〟に突入したのかもしれん。

ならば紳士なお兄ちゃんとしては、これ以上触れるわけにはいかん。

「？」

小首を傾げる水琴に、俺はこの上なく優しい微笑みを浮かべ、無言の頷きで返したのだった。

その⑤　ピンポンダッシュ！

初日に三ポイントを獲得し、出だしは好調だと嬉々として登校した俺だったのだが、

「――ひぃ〜!?　もうダメなのですぅ〜!?」

「お、お兎乃ちゃん!?」

校門付近で泣きながらエンドレススクワットをさせられているお兎乃ちゃんの姿に、思わず言葉を失っていた。

「……お腹が減って力が出ない〜……」

隣には自慢のおっぱいをぶるるんと跳ねさせている姫の他、

「くっ……」

「はあはあ……」

空風や久我といった陸上武の姿もあり、彼女らを監督しているのは、頭に白い鉢巻きを縛り

つけた、無駄に濃い顔の生徒だった。

生徒は音を上げているお兎乃ちゃんに近づくと、くわっと双眸を見開き、声を張り上げた。

「もっと熱くなれよ！　やれば出来る！　あと三〇〇〇回！」

「ひぃ～!?　そ、そんなの無理ですぅ～!?」

「諦めんなよ！　どうしてそこでやめようとするんだ、そこで！」

「つ、つつ辛いからなのですぅ～!?」

「辛いのは皆同じなんだよ！　もう少し頑張ってみろよ！　俺だってマイナス10度のところでシジミ穫ってたんだよ！」

シジミ……。

「そ、そそそんなこと言われてもぉ～!?　あ、足がもうぷるぷるなのですぅ～!?」

「ダメダメダメダメ！　そこで諦めちゃダメ！　諦めなければ必ず目標を達成出来る！　だからこそ――ネバーギブアップ！　プラス二〇〇〇回！」

「ひぃ～っ!?」

計五〇〇〇回のスクワットを課せられた一同は、皆げっそりしながら黙々と上下運動を繰り返していた。

陸上武に関してはよく分からないが、スクワットをさせられているのは、帰宅武の中でお兎乃ちゃんと姫だけ――つまり昨日〝帰れなかった二人〟だ。

まさかとは思うが、これが例の〝罰ゲーム〟だとでも言うのだろうか。

こんなことになるのならば、俺はお兎乃ちゃんを一人にはしなかったのに……。

「……あっ」

愕然とその光景を見つめる俺の存在に、お兎乃ちゃんが気づいたのだろう。

お兎乃ちゃんは全身汗でびしゃびしゃになりながら、懸命に俺の方へと手を伸ばしていた。

「た、助けてくださいなのですぅ～!?　も、もう兎乃は限界ですぅ～!?」

「お兎乃ちゃん!?　待ってろ、今助けてやる！　――ぬっ!?」

お兎乃ちゃんを助けようと駆け出した俺を妨げるように、一人の影が横から滑り込んできた。

「――やめときな、ＡＩＢＯ」

影の主は、奇抜な髪型をしたロックな雰囲気を漂わせる女子で、脱いだ学ランの上着を肩にかけ、ニヒルな表情で佇んでいた。

しかし何よりも俺の視線を惹きつけたのは、彼女の身に付けるレザー調インナーを、内側からこじ開けようとする、山盛りのメロン先生たちだった。

姫には多少及ばぬものの、それでも巨乳以上魔乳以下――つまり〝爆乳〟の領域だ。

す、すげえ……、と目が釘付けになる俺に、女子は告げる。

「あたしの名前は武藤オベリスク。名前からも分かるように〝ハーフ〟さ」

ほう、半輪入物（？）というわけか。

「そのハーフさんが何故俺の邪魔をする？　あんたも向こう側ってわけか？」

敵意を剝き出しにする俺だが、武藤オベリスク（ハーフ）は、「いや」と口元を和らげて言った。

「あたしが所属するのは、〝カードゲーム研究武〟と言ってね。〝自分のカードは自分で買う〟が信条なんだ。だから別に武費の増額なんて必要ないし、あんたら帰宅武がどうなろうと知ったことじゃない」

「じゃあなんで邪魔するんだ？」

「決まってるだろう？　あんたらを――いや、正確にはあそこのおっぱいちゃんを守るためさ」

びっ、と親指で姫を指す武藤オベリスク（ハーフ）は、無駄にスタイリッシュだった。

まあ俺からすれば、あんたも十分〝おっぱいちゃん〟なんだけどな。

「姫の知り合いなのか？」

「いや、赤の他人もいいところさ。もっと腕にシルバー巻けばいいと思うくらいのね」

腕にシルバー……？

「ただ昨日見たあの子の姿は、あたしの胸に迫るものがあったんだ」

「胸に……」

ぽいんっ、と揺れる山盛りメロンたちに、俺は堪らず生唾を飲み込む。

「──〝胸戦士の魂〟。そういうことさ」

「……？」

ど、どういうことさ？

訳知り顔で去っていく武藤オベリスク（ハーフ）の姿に、俺は一人なんだったんだあの人的な視線を送っていた。

が、ふいに気づく──あの人、うちの学校の生徒じゃなくね？　と。

というのも、俺たちの制服には、レイヴに干渉されない素材で出来た〝校章〟がピン留めされている。

〝校章〟というくらいなので、もちろん各校で違うのだが、東武校の場合は大きく〝東〟の文字が刻まれているのだ。

それが彼女の制服にはなかった。

いや、正確にはあったのだが、〝東〟の文字ではなく──〝西〟の文字が刻まれていた。

ならば彼女の在籍するのは、この東武英学園校ではなく、西にそびえる四校の一つ──〝西武英学園校。

　通称〝西武校〟と呼ばれる学校である可能性が高い。

　何故この朝の登校時に、東武校とは真逆に位置する、西武校の生徒がここにいるのか。

　それ以前に、東武校の現状を把握している上、昨日の戦いを目撃していたとも言っていたが、その目的は一体なんなのか。

　そして彼女の残した〝胸戦士の魂〟という言葉の意味は……。

「――謎は深まるばかりなのであった」

「そ、それより早く兎乃を助けてくださいなのですぅ～っ!?」

「……えっ?」

　しまった!?　おっぱいに気を取られてすっかり忘れてた!?

　このダメお兄ちゃんめ！　と自分を叱責しつつ、俺はお兎乃ちゃんを救おうとしたのだが、あの暑苦しい生徒に「ダメダメダメダメ！　諦めさせたらポイント失効しちゃうよ！」と言われ、武藤オベリスク（ハーフ）が止めに入った理由をしっかりと理解した後、

「知るかあああああああああっっ!!」

「しじみいいいいいいいいいいっっ!?」

　渾身の拳を叩き込んだのだった。

「……で、せっかく稼いだポイントを見事に失ったというわけね？」

「おう」

「ごめんなさいなのです……」

昼休みの武室にて、正座させられた俺とお兎乃ちゃんは、今朝の出来事を洗いざらいぶちまけさせられていた。

もちろん俺たちを詰問しているのは、鞭（どこから持ってきたの……）を手にした陽子だ。

その眼光は鋭く、声のトーンも異様に低い。

めちゃくちゃ怒っているのは火を見るよりあきらかだが、俺は自分の行動が間違っていたとは思っていない。

ので、胸を張って「正直すまんかった！」と言ったら、すげえいい角度で鞭が叩き込まれた。

「ぎょえええええええええええええっっ!?」

「ひいっ!?」

シバかれた頬の痛みに悶絶する俺と、隣でぷるぷる震えるお兎乃ちゃん。

そんな俺たちに何を思ったのか、陽子は鞭をちゃぶ台に置き、小さく嘆息した。

「別に私たちは灰空君がやったことに対して怒っているわけではないわ。確かにポイントは惜しいけれど、そもそも兎乃を一人で置き去りにした私たちにも責任があるもの」

「よ、陽子さん……。うぅ、ごめんなさいなのです……。昨日捕まった時に言われたのです……。今日早めに登校することは皆さんに伝えるなって……」

うるうると瞳に涙を浮かべるお兎乃ちゃんに、陽子は「いいの。気にしないで」と優しく微笑(ほほえ)む。

「だから灰空君の気持ちも分かるし、私がその場にいたら、きっと同じことをしていたと思うわ」

「じゃ、じゃあ俺は今なんで殴(なぐ)られたんだよ!?」

怒ってたからじゃねえのかよ!?

涙目で抗議すれば、陽子は俺の方にすっと視線を向けたかと思うと、

「決まっているでしょう――ドヤ顔がイラついたからよ」

「え、そんな理由!?」

きっぱりとそう言い切った。

何それ!?　顔がむかついたってどういうこと!?

これでも毎朝美顔ローラーでころころしてるんだぞ!?

「まあ今のは一割方冗談よ」

「ほぼ本気!?」

がーんっ、と俺がショックを受けていれば、御世(みよ)さんが食後のお茶を持ってきてくれた。

「ふふ、陽子さんは一応〝ケジメ〟をつけたんだと思いますよ？」

「……ケジメ？」

「ええ。朱雀さんの行為は正しいことだったのかもしれませんが、帰宅武の皆に迷惑をかけたこともまた事実。そのケジメとして、先の一振りということだったのではないでしょうか？」

「……そうか」

確かに俺は後先考えずに行動を起こし、〝ポイントの失効〟という痛手を皆に負わせてしまった。

俺自身、今でも決して間違った行いではないと信じているが、でもだからといって、胸を張るのは違う――陽子はそれを分からせたかったのかもしれないな。

「……ごめん。俺が先走ったせいで、せっかく手に入れたポイントを全部無くしちまった……。この償いは必ずする。だから許して欲しい。このとおりだ」

畳の上に両拳を突き、俺は深く皆に頭を下げる。

遅れて隣のお兎乃ちゃんも「それを言ったら兎乃が全て悪いのですぅ～!?」と大泣きしながら土下座した。

と。

「――あーもうっ！　いいから二人とも顔を上げなさいな！」

「「えっ？」」

思わず呆(ほう)ける俺とお兎乃ちゃん。

見れば、陽子はどこか恥ずかしそうに頬を染め、腕を組みながら明後日(あさって)の方を向いていた。

「別に怒ってないと言ったでしょう？　それにこれだと私が悪いように見えるじゃない。とにかくこの話は終わりよ。そもそも憎むべきは、ああやって私たちにやる気を失わせようとしている生徒会なのだから」

「陽子……」「陽子さん……」

「ふふ、雨降ってなんとやらという感じでしょうか？」

「べ、別にそんなんじゃないわ。そ、そうでしょう？　姫」

陽子が同意を求めるかの如く姫に尋ねるが、

「うん？　よく分からんが話は終わったのか？　……もぐもぐ」

「……」

難しい話が苦手な姫は、そもそもなんの話か分かっていないらしく、ナマズみたいな顔で甘(あま)食(しょく)をもぐもぐしていた。


生徒会からの通達が来たのは、それから間もなくのことだった。

実は朝にシジミ男をぶん殴ってから、とくに今まで何も言われていなかったので、ひょっとしたらこのままお咎（とが）めなしかもと淡い期待を抱いていたのだが、やはり世の中そんなに甘くはないようだった。

「あれ？　あんたは陸上武の……」

「ああ」

武室に現れたのは、今回で三度目の顔合わせとなる女生徒――陸上武の空風鈴（りん）であった。

今は制服姿の上、手には生徒会から出されたであろう通達の書かれた便せんを握っている。

「一応〝武長に渡せ〟と言われてるのでな。ここの武長は誰だ？」

「ああ、それならお……」

「――私よ」

……えっ？

俺を遮（さえぎ）って前に出た陽子の背中を見ながら、俺は一人小首を傾（かし）げる。

あれ？　武長って俺じゃないの？

「そうか。では受け取るがいい」

「ええ、ありがとう」

空風から便せんを受け取った陽子は、それを皆に聞かせるべく読み上げる。

「――〝今朝方行われた暴力行為に対し、我ら生徒会は昨日（さくじつ）獲得したポイントの剝奪（はくだつ）並びに、本日の終業後、卓球武との武練を貴殿らに通達する〟ですって」

てくれる。

敵の時は危ない人かと思っていたが、一応武長を務めているくらいだし、面倒見がいいのかもしれないな。

「〝武練〟とは、他武活間同士で行われる非公式試合のことだ。我らレイヴンは、武活以外で力を扱うことを禁じられているが、戦力として数えられる以上、国も黙認しているのが現状でな。言わば、昨日行われていたのもまた武練だ」

「なるほど。昨日は不特定多数だったけれど、今回は指定してきたというわけね？」

「そういうことになるな。恐らくは、昨日行われたものの前哨戦といったところだろう」

「前哨戦、ですか？」と御世さん。

「ああ。生徒会も、まさか三人も帰れるとは思っていなかったのだろうさ。そこに今朝の件だ。大義名分とばかりに、事前に他の武活と戦わせることで、お前たちの体力を削ぎ、帰宅確率を大幅に減らそうという魂胆だろう」

「なかなかせこい真似をしてくれるのね。でもいいのかしら？」

「何がだ？」

「あなたは向こう側ではなかったの？」

陽子に問われた空風は、ちらりと一瞬俺の方を見たかと思うと、口元を和らげて言った。

「一応助けられた身だからな。恩には恩で返すのが流儀だ。それに、私もお前たちの気持ちが分からないわけではないからな」

「そう。ならば厚意として素直に受け取っておくわ」

「ああ、そうしてくれ。それと、お節介ついでにもう一つ忠告しておいてやる。お前が今朝殴った男は、松岡という〝テニス武〟の武長でな。経緯はどうであれ、お前たちは我ら陸上武とテニス武の武長二人をのしたことになる。そして今日、万が一にも卓球武に勝つことが出来たのならば、恐らくは我らの〝長〟も黙ってはいないだろう」

「あんたらの〝長〟？」

「そうだ。お前たちはまだ入学したばかりだから知らんと思うが、武活にもそれぞれ〝派閥〟があってな。大きく分ければ、〝運動系〟と〝文化系〟という感じだが、事はもう少し複雑でな。とにかく〝下〟がしくじり続ければ、〝上〟も動かざるを得ないというわけさ」

「なるほど、分かったわ。ご忠告ありがとう、空風さん」

「ふ、まあせいぜい頑張るんだな」

爽やかに手を上げ、踵を返す空風の後ろ姿を見送った後、俺はふと思い出したことを陽子に問う。

「あ、そうだ。そういえば、武長は俺じゃなかったのか？」

思い出したくもないが、御世さんを勧誘した時に言ってたはずだ。

俺の問いを聞いた陽子は、「別にやりたいなら私は構わないけれど……」と前置きしてから言った。

「もし正式な武として認められたら、予算の申請から武長会議の出席まで、やることは結構あるわよ？」

「……」

え、そうなの……？　武長って大変なんだな……って、ちょっと待てよ？

今の口振りだと、陽子はわざわざその面倒臭い役を引き受けてくれたってことか？

「……お前、もしかして俺の代わ……」

「分かったら私に感謝して靴を舐めなさい――と言いたいところだけれど、靴が穢れそうだから兎乃をあげます」

「えっ⁉」

びくっ、と涙目になるお兎乃ちゃんだが、武長の許可が出てしまったのなら仕方がない。

「フォオオオオオオオオオオオオオオッッ‼」

「ひ、ひぃ～っ⁉」

俺は心行くまでお兎乃ちゃんをぺろぺろした。

空颪の忠告を胸に、放課後を迎えた俺たちは、生徒会から遣わされたであろう生徒の誘導で、グラウンドへと赴いた。

今回のことは他の武活へも通達されているらしく、卓球武戦後の俺たちを捕らえるべく、周囲には大多数のギャラリーも集まっていた。


「――昨日の〝武練〟は見事だったぞ、帰宅武」


最中、グラウンドで俺たちを待ち構えていたのは、ポロシャツに半ズボンという出で立ちの男子たちだった。

ボウリングのピンが如く並んだ男子たちの中、先頭にいたリーダー格と思しき男子（何故か海賊帽を被っている）が口を開く。

「俺は〝卓球武〟の武長――千条。〝フック千条〟と言えば、お前たちも聞いたことがあるだろう？」

「なるほど。あなたがあのフック千条なのね。お会い出来て光栄だわ」

腕を組み、千条を見下ろす陽子に、俺は問う。

「知ってるのか？」

「いえ」

「……」

いや、知らねえのかよ……。

俺が白目をむいていると、千条が後ろに控えていた武員たちに「散ッ！」と合図を出す。

すると、卓球武は千条を含めて五人だけが残り、それ以外は両武活を囲うように円形の配置についた。

何が始まるんです？　と警戒していれば、武員たちは反時計回りに反復横跳びを始め、やがてそれは渦となって風を呼び、砂煙を巻き上げ――〝竜巻〟と化した。

『――なっ⁉』

驚く俺たちに、千条は得意げな顔で「見たか、帰宅武！」と言い放つ。

「これぞ奥義――《断絶の風檻》！　外界との接触を一切禁じることを主とした、我ら卓球武の結界術よ！」

「ぐっ……」

なんということだ。こんなにも凄い技なのに、その正体が反復横跳びなんて……。

しかし何故わざわざ結界を張ったのだろうか？

俺たちが途中で逃げられないようにするためというのが、最もらしい理由であろうが、そもそも逃げたらさらに罰則が加えられるのだ。

俺たちにその考えはないし、周囲には他武活の生徒たちも待ち構えている。

ここまでする必要はないように思えるのだが……。

「随分と用心深いのね」

「当然だ。我らはお前たちを潰しに来たのだからな」

「だから逃げられないようにこの結界を張ったと？」

陽子がそう尋ねれば、千条は双眸をかっと開き、「――否っ！」と否定した。

「この結界は、もし万が一にも、我らが遅れを取るようなことがあった場合――周りにギャラリーがいたら、超馬鹿にされるからだっ！」

「え、そんな理由なの⁉」

「好きに言え！　現に陸上武の阿呆どもは、お前らのせいでみそくそ言われているのだ！　俺たちにあれを耐えられるメンタルはない！」

「男らしいほどにかっこ悪い⁉」

白目で鋭く突っ込んだ俺に、千条は腕を組み、神妙な顔で語り始めた。

「何故だろうな……。〝卓球〟という競技は、サッカーやバスケに比べ、圧倒的にモテん……。現に我らの武員たちは皆独り者ばかりだ……」

「……」

なんか始まった……。

「かく言う俺も童貞でな。バレンタインのチョコは、母親とばあちゃんにしか貰ったことがない」

『うぅ……ぐぅ……』

咽び泣く武員たち。恐らくは彼らもまた、欲しいぞチョコレー党の党員たちなのだろう。愛する水琴に毎年チョコを貰えている俺には、やつらの心情を慮ることすら出来やしなかった。

「そんな我らに訪れた好機――それが今この瞬間だ！　だがここでみっともなく敗北したならば、我らはさらにモテなくなる！　それだけは絶対に避けねばならぬ！　ゆえに、俺は考えた！　負けてもダメージの少ない戦いをしようと！」

やだ、一周回ってかっこよく見えてきた。

「そうして編み出したのが、この《断絶の風艦》よ！　視界と音を完全に遮断し、中で何が起こっているのかを誰にも知られることはない！　仮に負けても、適当に卑怯な手を使われたとかなんとかいいわけが出来る！」

うわあ……。

「清々しいほどに最低ね。そんなことだからモテないのよ」

「黙れ！　バレンタインに下駄箱の開け閉めを繰り返す我らの気持ちなど、貴様らには分かるまい！　陸上武など、所詮は運動系武活で一番の小物よ！　それを倒した程度でいい気になるな！」

咆え、卓球武の五人が揃ってレイヴを解放し、俺たちも負けじとレイヴを解き放つ。

陸上武を〝運動系武活で一番の小物〟と言うくらいだ。

かっこ悪さはどうであれ、用心せねばならないだろう。

とはいえ、競技ごとに分かれていた陸上武とは違い、卓球武は対策が練りづらいのが難点だった。

考えられるのは、ラケットの持ち方や、スマッシュやカットなど、得意技の種類くらいであろうか。

しかもこちらはまだ先の傷が完全に癒えてはいない。

レイヴで治癒力を向上させることは出来るが、それでもフルボッコにされた上、エンドレススクワットを課せられた姫やお兎乃ちゃんは、普段の半分くらいしか力を出せないだろう。

となると、まともに戦えるのは、俺と陽子、そして御世さんの三人だけ。

戦況は圧倒的に不利と言ってもいい。

だがそれでも俺たちは勝たなければならない。

やつらの言う〝潰す〟とは、すなわち俺たちの〝心を折る〟ということ——皆が傷つき、こんなことが続くくらいなら、帰宅武なんてなくてもいいと諦めさせることが目的なのだ。

そんな横暴を認めさせるわけにはいかない。

だったら方法は一つだ。

——やつらが俺たちを認めざるを得なくさせればいい！

こちらから武練だかを仕掛けるようなことは決してしない。

俺たちはあくまでも〝帰宅武〟だからな。

だが挑まれる限りは、その全てを叩き潰してやる！

陸上武だろうが卓球武だろうが生徒会だろうが——容赦はしねえ！

滾る炎を胸に、俺は先陣を切ろうとする。

が。

「——ぐわっ⁉」

途端に首根っこを摑まれた。

——陽子だ。

「何すんだ⁉」

怪訝に眉をひそめる俺を、陽子は「落ち着きなさい」と静かに諭した。

「あなたは冷静さを欠いている。それでは相手の思うつぼよ」

「いや、でも……」

「ここは私一人でやるわ。陸上武の時も、結局途中退場だったし」

「陽子……」

心配そうに見つめる俺に、陽子はにやっと口元を歪めた。

「大丈夫よ。すぐに終わるから待っていなさい。私は——強いわ」

そう言い残し、陽子はたった一人で卓球武員たちの前に立つ。

「……」

何故だろうな。あのアホの子Aな陽子が、今は無駄に頼もしく感じる。

ならば俺は自分の気持ちを——陽子を信じよう。

一人頷き、俺は前を見据えた。

「お、おい？　本当に陽子一人にやらせる気か？」

「ああ、あいつがああ言うんだ。信じてみようぜ」

「そうですね。何か考えがあるのでしょうし」

「陽子さん、頑張ってくださいなのですーっ！」

皆の声援を背に受ける陽子を、千条は鼻で笑う。

「随分と舐められたものだな。ならば見せしめだ。格の違いを見せてやろう。——おい、誰か
この女をぶちのめしてやれ」

「お任せを」

したり顔で前に出たのは、〝ペンホルダー〟と呼ばれるタイプのラケットを握った卓球武員

だった。

名前のとおり、ペンを握るように持つのが特徴的なラケットだ。

しゅしゅっと素振りをしている辺り、やる気は満々のようである。

対する陽子は無手――俺たちは固唾を呑んで彼女の戦いを見守る。

一気に攻めてこられたらどうしようかと思っていたが、昨日の結果を受け、向こうも警戒しているようだ。

と。

「さっ！」

気合いと同時に《ペンホルダー》が陽子に飛びかかった。

ハンマーフック――つまりはスマッシュからのバックハンド三連撃。

その動きはフェンシングのように鋭いが、陽子は全ての攻撃を紙一重で躱していた。

「さーっ！」

距離を取ろうと後ろに飛んだ陽子に、《ペンホルダー》は反復横跳びの要領で肉薄する。

日々の訓練の賜物であろう――距離を詰める速度も並みではない。

「――ごめんなさい。知っていたわ」

だが陽子は全てを読んでいた。

「ぐうっ⁉」

《ペンホルダー》の踏み込んだ場所に、陽子は自分の足を滑り込ませ、躓(つまず)かせる。

前のめりになった《ペンホルダー》の顎(あご)を下から摑んで持ち上げた陽子は、

「――ぶぎゅっ⁉」

『――っ⁉』

そのまま後頭部を地面に叩きつけた。

遅れて真上に来ていた足が地に落ち、《ペンホルダー》は動かなくなった。

「……な、なんだと……っ⁉」

千条たち卓球武員が唖然(あぜん)とする中、陽子は俺に向けて言った。

「ふふ、だから言ったでしょう？　私は〝強い〟って」


正直な話、俺は開いた口が塞がらなかった。

〝強い〟と自分で言うやつは、大体弱いというのが相場だと思っていたからだ。

しかし陽子は違った。

もうあいつ一人でいいんじゃないかな……、と思いたくなるくらい、ガチで強いのである。

一人目どころか、二人目と三人目のタッグまでもを一人で倒し、ついには四人目を引きずり出すまでにいたっていたのだ。

しかも陽子自身、今までに一撃も受けてはいない。

巧みに相手の攻撃を避け続け、隙を見せた瞬間——反転してこれを打ち倒す。

それを繰り返した結果、まさかの三人抜きを達成していたのである。

これには俺たちもそうだが、千条を含めた卓球武員たちも驚きを隠せないようだった。

卓球武の四人目は、今までの三人とは違い、〝シェークハンド〟というタイプのラケットを両手に握っていた。

これは握手をするようにグリップを握るタイプのもので、手を返さずにバックハンドが出来るという特徴がある。

陽子の前に赴いた武員は、冷めた瞳で彼女を見下し、問うた。

「見た感じ、俺たちの動きを先読みしているようだが、一体どういうカラクリだ？」

「さあ？　それを言ったらカラクリにならないでしょう？」

「ふ、確かに。だが如何に先読みが出来ようと、それ以上の速度で攻撃すればいいだけのこと！　この〝カットマン岩男〟——侮ってもらっては困るっ！」

腕をクロスさせた後、ハサミを彷彿とさせる動作で両腕をしゅばっと振り抜く岩男。

どうやらあれが岩男の構えらしい。

〝カットマン〟と呼ばれているくらいだ——〝斬撃系〟の技が主体なのだろう。

まあ元来のカットマンは、球にバックスピンをかけたりする方なのだが……。

今までとくに構える様子を見せなかった陽子だが、岩男を前にして、初めて構えを取った。

岩男もそれに気づいたみたいで、「ほう？　変わったな」と笑みを浮かべていた。

「――しぇやっ！」

先に地を蹴ったのは岩男だった。

さすがと言うべきだろうか。公言したとおり、〝先読み以上の速度〟とやらで繰り出した一撃を、陽子は躱すことが出来なかった。

「やるわね……っ」

だが食らったわけでもなかった。

陽子は左腕でしっかりと岩男の攻撃を受けていたのだ。

「その受け方――貴様、まさか〝空手道〟か⁉」

ぎょっと目を見開く岩男だが、その気持ちは分からなくもなかった。

普通の武道とは違い、古来から一般的に〝武道〟として知られてきたものは、〝真武道〟と呼ばれている。

空手道や古武道、剣道に柔道などのことだ。

レイヴを発現する者は、皆何かしらのことに打ち込んできたわけだが、初めから〝相手を倒すこと〟を生業としている――言わば〝格闘技〟などの場合、通常よりもレイヴの発現率が格段に低いのだが、その力は他の追従を許さないほどに絶大だと聞く。

　このため、国としてもこれらのものを、別の枠として扱っているのだ。

　ちなみに、武道ではないが、ボクシングやレスリングなどのレイヴンも、真武道と並んで一目置かれる存在となっている。

　そして最近知ったのだが、生徒会執行武は、これら真武道の使い手である武活の武長たち七人で構成されているらしく、その強さから〝七つ神〟と呼ばれているのだとか。

　反則だろ……、という気もするが、そういえば、俺たちと中村先生の争いを鎮めた水守先輩は、〝合気〟の使い手だったな。

　ならば岩男が驚いたのも頷けよう。

　目の前にいるのが、万が一にも空手道のレイヴンだとするのならば、その力はまさに桁違い。

　最後の一人として控えている千条も、心中穏やかではないはずだ。

　しかし問題が一つある。

　陽子が嘘を吐いていないと前提した場合、彼女のレイヴはアニメを観てテンションが上がった時に発現したものである。

　だとすれば、空手の心得があったところで、元来の真武道には遠く及ばない。

　レイヴは発現した状況に準ずるものでなければ、その力を最大限に発揮することが出来ないからだ。

陽子は岩男の腕を弾き飛ばし、ステップを踏んで少し距離を取った。

「……ふう。まあいいわ。分かったところで何が出来るわけでもないしね」

「……何っ？」

発言の意図が分からず、顔を顰(しか)める岩男に、陽子は腕を組みながら言う。

「私ね、小さい頃からアニメが好きで、物心ついた時にはすでにオタクの仲間入りをしていたの。暇さえあればアニメを観て、漫画を読んで、ゲームをしていたわ。もちろん影響を受けて、必殺技を真似(まね)したりもしていた」

まあ……うん。俺も人のことは言えないなあ……。てか、今でも時々やってるし……。

「そうして私はレイヴを発現した。そしてこれが私のヴレイヴ――自分の好きなものを〝視聴〟したことによる〝模倣〟の力――《映り移る麗しの魔眼(オルタネイト・フェイカー)》よ。現実に出来る技であれば、目で見たものをほぼ完璧(かんぺき)に再現することが出来るわ」

「マジか!?」

「ええ、マジよ」

堪(たま)らず声を上げた俺に、陽子はこくりと頷いてみせた。

つまりあれだ。コピー忍者ヨーコの誕生である。

「凄(すご)いのです！」とお兎乃ちゃんのテンションも鰻登(うなぎのぼ)りだ。

かわええのう、かわええのう……じゅるじゅる。

「まあ陽子の集中力は半端ないからな。……もぐもぐ」

そしてポテチを頬張る姫。

「……」

お前はいつも食ってばかりだな……。でも養分は全部おっぱい行きなんだよなあ……。

「……なるほど。ならば今の空手もお得意の模倣というわけか」

「ええ、そうよ。格闘漫画を読み、アニメを観たことで大体はマスターしたわ。動きを先読み出来たのも、ヴレイヴの力で目がよくなったから。ただまあ創作物は所詮創作物――どこまで行っても現実には及ばないわ。動きは真似られても、力の入れ加減までは真似られないもの。それに私、インドア派だから体力にも自信がないの」

「よく言う。その割にはぴんぴんしているではないか」

「まあポーカーフェイスは得意だからね。でももう限界。あなたを倒したら、後は灰空くんに代わってもらうわ」

にっと口角を上げて目配せする陽子に、俺は力強く頷いて応えた。

――もちろんだ。

千条は俺がぶちのめしてやる。だから早く帰ってこい、陽子。

「この俺を倒すだと？　――その余裕が命取りだぞ、新入生！　倒れるなら貴様だけ倒れろっ！」

咆え、両腕をクロスさせたままの体勢で特攻する岩男。

やつの斬撃が陽子のか細い首を刎ねようとした――その時。

「――ぐ、あああああああああああああああああっっ!?」

ふいに陽子が懐からスプレー缶を取り出し、問答無用で岩男の顔に噴きかけた。

「――っ!?」

ひ、卑怯くせーっ!? と白目をむく俺。あれ、催涙スプレーじゃん!?

「あがががががっ!?」

ラケットを手放し、グラウンドの上を転がりながら悶絶する岩男を、陽子は悪そうな顔で見下ろす。

「だから言ったじゃない――〝もう限界〟だって。私はか弱い女の子なの。帰りに暴漢に襲われる可能性があるくらいのね」

そこで話を区切った陽子は、俺たちに向けてスプレーを紹介した。

「そんな時にはこれ! お値段も一五〇〇円とリーズナブルで、小型だから使い勝手もいいわ! あれだけ自信満々だったレイヴンもこのとおり! 欲しい方は私――神楽葵陽子まで、今すぐお電話を!」

『……』

一通り紹介した後、陽子は何ごともなかったかのように俺たちの元へと戻ってきた。

後日聞いた話だと、何気に御世さんとお兎乃ちゃんが注文したとかなんとか。

いや、知らんがな……。


岩男が倒れ、ついに俺とフック千条の戦いが始まった。

その直前、「あ、これ熊退治用の方だったわ」とてへぺろしていた陽子に、多少の苛立ちを感じていたのも過去のこと。

今は目の前の敵をぶちのめすことだけに神経を集中させる。

だが千条はラケットを持たずに俺と対峙していた。

いや、正確にはラケット（ペンホルダー）を腰に差していると言った方が正しいだろう。

「なんでラケットを使わないんだ？　もしかして使う必要がないと思っているのか？」

「まさか。俺はたとえ相手がネズミだったとしても、一切手を抜かん獅子のような男だ」

「じゃあそれがあんたの全力だと？」

問えば、千条は「然り」と首肯した。

「お前には分からんだろうな。俺がラケットを手放す――それはボクサーがグローブを外すことと同義なのだよ！」

「ほう……」

そう言われると、対抗したくなるのが男の性である。

俺は靴と靴下を脱ぎ捨て、ざらりとしたグラウンドの感触を噛み締めつつ、素足になった。

「……どういうつもりだ？」

釈然としない表情の千条に、俺は余裕を見せて言う。

「あんたには分からんだろうな。俺が素足になる——それは家で寛いでいる時と同じということだ！」

「……」

「……」

「だからなんだ⁉」

ずびっ、と鋭い突っ込みを入れてくる千条だが——それこそが俺の狙いだった。

「隙あり！」

すかさず俺は大地を蹴って跳躍する。

その速度は、〝ストレート久我〟の異名を持つ、《短距離走》の久我にも匹敵していたと思う。

やつと戦っていた時も、途中から「速さが足りているだと⁉」とか驚いてたしな。

「おらあっ！」

突撃の速度をそのまま拳に乗せ、俺は千条に一撃を見舞う。

が。

「甘いわっ！　――ぐぶっ⁉」

「ぶはっ⁉」

千条の放ったフックが正確に俺の顔面を捉え、俺たちは互いに吹き飛んだ。

「朱雀さん⁉」

御世さんの悲痛な叫びが木霊（こだま）する中、俺は地面を転がる。

追撃に備えて体勢を立て直そうとした俺だったが、

「……うぐっ」

足腰に力が入らず、地に片膝をついた。

「――キエエエエエエエエエッ！」

しかし千条は攻撃の手を緩（ゆる）めず、雄叫（おたけ）びとともに特攻を仕掛けてくる。

やつも俺の拳をまともに食らったはずだ。

なのに何故……、と見上げれば、千条の額が血に染まっていた。

そう、やつは俺の攻撃を額の固いところで受け、ダメージを軽減させていたのだ。

「きりゃあっ！」

「――ぐうっ⁉」

アッパーが如く低い位置から掬（すく）い上げてきた左のブローが、俺の顔面を襲う。

瞬間的に地を蹴って体勢を上げ、腕を十字にして受け止めたのだが、何故か衝撃が脇腹を貫いた。

「ぐはっ⁉」

まるで無抵抗のままボディブローを受けたかのような感覚だ。

堪らず前のめりになった俺を見下ろす千条の顔は、どうだと言わんばかりに歪んでいた。

「ぐ、ぅ……ガードしたのにどうして……」

「クックック、分からないか？　いや、分からないだろうな。大方お前は、俺の異名が〝フック〟と聞き、ナックルの類を警戒していたのだろう？　だが――否っ！　断じて否っ！　これが我が異名――〝フック〟の真髄よっ‼」

「――っ⁉」

ぶんっ！　と今度は右のハンマーフックだ。

「くっ⁉」

だがこれは動作がテレフォン――間一髪で避けることに成功する。

が。

「――ぐあっ⁉」

避けたと思った瞬間、俺の左頬を、何か拳よりも小さなものがぶち抜いていった。

「……ぐっ、こんの野郎っ！」

「遅いわっ！」

踏ん張り、俺も負けじとパンチを繰り出すが、千条の反復横跳びがこれを無効化する。

体勢の崩れた俺の隙を突き、千条は自身のレイヴを爆発させた。

「死ねい！　ヴレイヴ――《天翔る鰐の顎（ネヴァー・ラウンド）》っっ!!」

「う、があああああああああああああああああっっ!?」

高速で繰り出された手刀が如き連撃が、俺の身体（からだ）中に突き刺さる。

もちろん俺は両腕でしっかりとガードを固めているのだが、千条の突きは、何故かガードの隙間を縫（ぬ）うように進み、俺の身体を穿（うが）ち続けたのだ。

「お、おい!?　全然受け切れてないぞ!?」

「は、灰空さん、しっかりしてくださいなのですぅ～!?」

姫やお兎乃ちゃんの叫びが空気を震わせる中、俺は「がはっ!?」と血を吐きながら地に伏す。

そんな俺を余裕の笑みで俯瞰（ふかん）するのは、昨日のアマ＝ナイ同様、両腕を大きく広げ、喝采（かっさい）をその身に浴びようとする千条だ。

もっとも、今はやつら自身が張った結界のど真ん中にいるので、喝采もクソもないのだが。

「――うぐっ!?」

俺の頭を無造作（むぞうさ）に踏みつけ、千条は声高に言う。

「さっきまでの余裕はどうした？　帰宅武。俺の拳は効くだろう？　――当然だ。俺は他の武員たちとは、卓球に懸ける〝気概〟が違うからな」

「き、がい……？」

「そうとも。俺は言ったはずだ――〝ラケットを手放すのは、ボクサーがグローブを外すのと同義〟だと。俺はこの武で――いや、この世界で誰よりも卓球を愛している。その俺が卓球界の頂点に君臨しようと、日々修練に励んだ結果がこれだ」

そう言いながら、千条は自らの手を、ペンホルダーを持った時と同じように握り、構える。

それはさながら、中国武術の一つ――〝蟷螂拳〟が如き構えの型だった。

蟷螂拳とは、読んで字の如く、〝カマキリ〟の動きをモチーフとした拳法だ。

素早さを重視した攻防を得意とし、鎌状になった腕で相手の腕を巻き込み、体勢を崩したりするというものなのだが、やつの場合、受けた瞬間に手が内側に入り込み、それがレイヴの力で蛇のように伸びてダメージを与えてくる的な感じなのだろう。

なるほど、これが〝フック〟の正体ってわけか……。

「お前には分からんだろうな。卓球を愛し続けた俺だからこそ、何十、何百万と素振りを繰り返し続けた俺だからこそ、この境地に辿り着くことが出来たのだ！　ラケット便りの戦い方では辿り着けぬ境地！　そう――これこそが〝究極の卓球技〟なのだ！　……うん？」

俺に足首を摑まれた千条は、「まだそんな力が残っていたか」と鼻で笑った。

が――笑うのはこっちの方だ！

「ふんぬーっ！」

「ぎええええええええええええええええええっっ⁉」

一瞬にして笑みが消え、千条の口から絶叫が飛び出す。

やつはそのまま地面に倒れ込んだかと思えば、足を抱えながらのたうち回り始めた。

俺の頭を踏んづけたのが運の尽きだったな、卓球武。

遅れてゆっくりと腰を上げた俺は、手の中に残ったすね毛を自然に還(かえ)しながら吐き捨てる。

「はっ、人の頭を踏んづけたりするからそうなるんだよ」

「き、貴様ぁ……っ」

血走った眼（涙目）を俺に向ける千条だが、泣きたいほど痛いのはこちらも同じだった。

容赦(ようしゃ)なく指先を身体中に叩き込みやがって……。

努めて冷静を装っちゃいるけど、足がぷるぷるだぞこの野郎……っ。

「――っ⁉」

未だ悶絶(もんぜつ)中の千条に近づきながら、俺は今し方拾った〝もの〟を取り出す。

それは使い古されてぼろぼろになった――ペンホルダー型のラケットだった。

そう、千条が腰に差していたものだ。

すね毛を引き千切ってやつが地面に倒れた際、滑るように飛んできたのである。

俺はラケットをシェークハンドの要領で握り、逆に千条を見下ろしながら告げた。

「あんたはさっき〝ラケット便りの戦い方じゃ辿り着けない卓球技〟だって言ったよな？」

「そ、それがどうした⁉　いや、それよりも早く俺のラケットを返せ！」

「ああ、もちろん返してやるさ。でもな、その前に一つだけ言わせてもらうぞ。あんたは卓球をこよなく愛しているらしいが――」

そこで一拍空けた後、俺は双眸をくわっと見開いて断言した。

「――ラケットが無かったら卓球でもなんでもねえだろうがあああああああああっっ‼」

「あばぴいいいいいいいいいいいいいいいいいいいっっ⁉」

言葉と同時にぶん投げたラケットの直撃を受けた千条は、顔をひん曲げながらぽーんっとぶっ飛んでいった。

「しかしまあ派手にやられたな……」

地面に大の字になっている俺を覗き込みながら、姫が顔を引き攣らせる。

陽子の活躍もあり、俺たちはなんとか卓球武に勝利することが出来た。

とはいえ、俺は千条に受けたヴレイヴのおかげで満身創痍だった。

「いてえ……」

こんなに身体中を殴られたのは、一六年の人生でも初めてのことだ。

これで最後ならどれだけいいことかと思うが、結界の向こうには俺たちを気に入らない連中が大勢いるという現実……。

心底気が滅入りそうだが、ここまで来たら最後までやるしかない。

だってやめちまったら、そこで終わっちまうからな。

水琴の側にいるためにも、俺たちは勝ち続けなくちゃいけないんだ。

「……ありがとう」

「いえ……」

御世さんの手を借りて上体を起こす。

千条たちも負けた姿を見られたくないだろうから、今しばらくは結界も張られていることだろう。

解かれるまでに少しでも回復出来ればいいのだが……。

手を握ったり開いたりしながらそう考えていると、

「……まだだ。まだ終わってはいない……」

『――っ⁉』

よろよろと覚束ない足取りだが、しかし眼光だけは未だに鋭いままで、千条が近づいてきた。

「武長、やめてください！」

「武練は終わったんです、武長！」

武員たちが千条を止めようとするが、彼は「うるさい！」とそれらを振り払った。

「まだだ……っ。まだ俺の卓球愛は……がっ⁉」

『武長⁉』

膝の力が抜け、地面に倒れ込んだ千条に、武員たちが挙って駆け寄る。

だが千条は彼らの手を借りようとはせず、ただひたすらにそのマメだらけの手を、俺たちに向けて伸ばし続けていた。

必死に鍛錬を積んできたのに、何故自分たちが敗れなければならないのか。

千条はそう運命を呪っているのかもしれない。

けれど、それは俺たちだって同じだ。

卓球武と比べれば、俺たちはレイヴンとして素人も同然だし、技量でも格段と劣る。

勝率なんてものは、端から計算する必要もないだろう。

だったら俺たちに出来るのは、ただ一つ――〝想い〟でやつらを上回ることだけだ。

レイヴは〝魂のエネルギー〟だと言われている。

ならば想いの強さにきっと応えてくれる――それが俺たちの出した結論だった。

だから俺は千条に向けて言った。

「……お互いに全力を出し切った、いい武練だったと思う」

「……っ」

火に油を注いでしまったかもしれないが、俺は続ける。

「ただ今回はたまたま俺たちの〝想い〟が勝った――それだけの話だろうさ」

「哀れみなどいらん……っ！」

「……哀れみなんかじゃねえよ。俺だってずたぼろなんだ。そんな余裕はねえ。だから素直に褒めてやってんだろ？　あんたは俺をここまで追い詰めた。けどな、俺の妹愛の方が一枚上手だったんだよ」

「妹愛、だと……？」

「おうよ。あんまりシスコンを舐めんじゃねえってことだ」

「あら、シスコンだと自覚していたのね？」

茶化すように言う陽子に、俺は「当然だ」と半眼をくれた後、親指を立てて笑う。

「〝シスター・コンプリート〟な」

「訂正します。自覚が足りない」

「何っ⁉　お前どんだけ高望みなんだよ——って、いててて……」

声を荒らげたことで、身体中が一斉に悲鳴を上げた。

これはしばらく休息が必要だな……、と一人嘆息していると、

「——素晴らしい試合でしたわ」


『！』

心地のよい拍手の音を響かせながら、どこからともなく白い制服を纏った一人の少女が姿を現した。

生徒会執行武の《七つ神》が一人——〝合気道武〟の水守麗奈先輩だ。

俺が先輩と会うのは、これで二度目——職員室以来のことなのだが、相変わらず癒し系でありつつも、無駄に色っぽいというかなんというか……。

おっぱいだけなら姫が一番だけど、あれは〝色気〟という感じじゃないからな。

あれはもうモンスターですよ、モンスター。

でもそのモンスターに問答無用で惹きつけられるのが、俺たち〝男〟という生き物である。

悲しいけど、おっぱいって正義なのよね……。おばちゃんの谷間でも何故か見ちゃうし……。

ともあれ、水守先輩は優雅に歩を進め、俺たちの前へとやってきた。

「水守先輩……？」

「ふふ、そんな他人行儀じゃなくてもよろしいですわ。私のことは気軽に〝麗奈〟とお呼びくださいませ」

にこり、と物柔らかに微笑む水守先輩に、俺の鼓動が一気に高鳴る。

「え、えっと……じゃあ……麗奈――ぶっ⁉」

先輩の名前を呼んだ瞬間、いきなり後頭部を踏みつけられた。

誰かと思えば、すこぶる酷薄な瞳の陽子だった。

「〝さん〟をつけなさい、このデコ助野郎」

「……」

いや、デコ助野郎って……。デコはお前の方が広いだろ……。

しかし陽子の剣幕は有無を言わせない感じだったので、俺は大人しく従うことにした。

少々残念だが、まあ年上をいきなり呼び捨てにするのもよくはないだろう。

「じゃあえっと……麗奈さん」

「はい。どうしました？　朱雀君」

「いえ……。その、どうやってここに？　というか、俺たちの戦いを見てたんですか？」

悪いとは思ったが、俺は地面に腰を下ろしたまま尋ねる。

俺たちの周囲には、卓球武が張った竜巻状の結界があったはずだ。

というか、今も現在進行形で渦巻いているのだが、それをどうやって抜けてきたのか。

いや、抜ける以前に、どうやって観戦していたのか。

それらの疑問を問えば、麗奈さんは「ええ、実は」と微笑んだ後、斜め上を指差してこう言った。

「先ほどまであちらの校舎の屋上にいまして」

「そんなところにいたんすか!?」

そりゃ気づかねえよ!?

「ええ。皆さんが来る前にこっそりスタンバイしていたのです――双眼鏡を片手に」

シュールすぎるだろ!? そんなスパイ活動している麗奈さんとか見たくないわ!?

「まあそのような感じで、皆さんの武練をこの目で楽しませていただいたわけですわ」

「はあ……」

てか、それだと卓球武が結界を張ることも読んでたってわけか。

ほんわかと微笑んではいるが、かなり慧眼に富んだ人のようだ。

「もちろんそれだけではありませんが。実は卓球武の方々に伝言を預かっておりまして」

「卓球武に?」

ええ、と頷き、麗奈さんは千条たちに向き直る。

千条は武員に肩を借り、沈んだ表情をしていた。

武員全員が麗奈さんに一礼する。

「――千条君。そして卓球武の皆さんも、お疲れさまでした」

「いえ……」

「結果は残念でしたが、私個人の意見としては、敗北もまた成長だと思っていますわ」

そう労った後、麗奈さんは「ただ」と少々声のトーンを下げて言った。


「――〝彼〟はそうは思っていないようです」


『――っ!?』

その言葉を聞いた瞬間、千条を含めた卓球武全員の顔が、一瞬にして真っ青になった。

どうやら麗奈さんの言う〝彼〟とやらに、千条たちは頭が上がらないようだ。

「あなたたちの敗北を聞き、〝彼〟の我慢もそろそろ限界――恐らくは〝次〟が最後でしょう。処罰については追って通達するとのことでしたわ」

「……承知いたしました。わざわざありがとうございます」

恭しく頭を下げる千条に、麗奈さんは「いいえ」とかぶりを振った。

「先ほども言いましたが、私は敗北もまた大切なことだと思っていますわ。敗北の悔しさを知るからこそ、人はさらに強くなれるのだと信じています。まあ〝彼〟のように、一度の敗北も知らない方もいらっしゃいますけれど」

ふふ、とおかしそうに笑う麗奈さんに、千条たちは改めてお礼を言い、その場を去って行こうとする。

「それと、この結界は今しばらくこのまま維持していただいてもよろしいでしょうか？」

「ええ、それは構いません。では自分たちは隅の方にいますので……」

「ありがとうございます。解く時は帰宅武の方々の指示に従ってくださいませ。——さて、お待たせしました。今度はあなたの番ですわ」

「えっ？」

呆けるる俺の胸元に麗奈さんが手を添えると、身体中が温かな光に包まれ、痛みが和らいでいった。

「こ、これは……」

「ちょっとした治癒術ですわ。私のレイヴを朱雀君のレイヴと合わせることで、未だ目覚めていない潜在的なレイヴを刺激し、身体に循環させているのです」

「ふ、知っているぞ。〝べぎらごん〟というやつだな」

「たぶん全然違うと思うのです……」

したり顔で頷く姫に、珍しくお兎乃ちゃんが突っ込みを入れた。

「い、いや、でもこんなことしていいんですか？　生徒会は俺たちにポイントを取らせないようにしているんじゃ……」

「確かに今の方針はそういうことになっていますわ。ですが、別段それが私たちの〝総意〟というわけではないのです」

「え、でも……」

と、ふいに麗奈さんが「少しお話しをしましょうか」と前置きし、俺に尋ねた。

「朱雀君は〝レイヴン〟というものが、いつ頃から存在していたかをご存じでして?」

「いえ、正確には知りませんけど……一〇〇年くらい前ですか?」

俺の答えに、麗奈さんは微笑みながら首を横に振った。

「――〝健速須佐之男命〟。この国で〝最古のレイヴン〟と言われる者であり、〝レイヴンの始祖〟とも言われている者の名ですわ」

「健速須佐之男命?」

なんかどっかで聞いたことがあるような……。

「ふふ、〝古事記〟などに登場する神さまですわね」

「こ、古事記だと!?　――って、なんだ?」

「……」

いや、知らないなら無駄に驚くなよ……。

一瞬「ま、まさか!?」みたいな顔をした姫に半眼を向けつつ、俺は考えを巡らせる。

ああ、思い出した。確か日本の最高神――〝天照大御神（あまてらすおおみかみ）〟の弟だったな。

〝八岐大蛇（やまたのおろち）〟っていう八本首のでかい蛇を倒した神さまだったはずだ。

その健速須佐之男命が最古のレイヴンだって？

いや、確かに古事記は一応歴史書だけれど、さすがに神さまはなあ……。

麗奈さんの言葉がいまいち信じられずにいた俺だが、それは彼女にしても承知の上だったようだ。

「やはり信じられませんよね？」

そうおかしそうに、しかし艶（あで）やかに麗奈さんは微笑む。

「でも事実なのです。他の神々はどうであれ、健速須佐之男命がレイヴンの始まりだという説を、我々生徒会執行武は信じています。裏付けなどに関しては、またの機会にでも、おいおいお話しさせていただきますわ」

さて、ここからが本題なのですが――、と麗奈さんは続ける。

「その健速須佐之男命のレイヴは、〝通常と異なる性質〟を持っていたと伝えられています」

「異なる性質、ですか？」と御世さん。

「ええ」

こくり、と頷いた麗奈さんは、瞳を閉じ、言い伝えられたという一文を俺たちに聞かせてくれた。

「――荒れすさぶ嵐の神、出雲の地に降りて、櫛名田の比売を討たん。祖の身より出づるは、八岐八雲の獣。草を薙ぐ蛇の如し」

『……』

彼女の言葉に聞き入っていた一同だが、どういう意味なのかは、皆もよく分かっていなそうだった。

が、もちろんそこは麗奈さんだ。俺たちにも分かりやすいよう、改めて説明してくれた。

「つまり分かりやすく言えば、健速須佐之男命のレイヴは、まるで八本の頭を持つ大きな蛇みたいでした、ということですわ」

「あ、古事記で退治したっていう、例の八岐大蛇ですか？」

頭頂に電球を浮かべた俺に、麗奈さんは「ええ」と相好を崩す。

「まあ古事記の方では退治したことになっていますけれど、別の言い伝えでは、彼自身のレイヴがそのように見えたとあります。我ら真武道の心得を持つ者たちにとって、レイヴンの始祖たる健速須佐之男命は、尊ぶべき存在であり、同時に目標のようなものなのです。ゆえに、伝説ではありますが、皆彼のような獣を象ったレイヴ――通称〝霊武之獣〟を修得することが出来れば、彼と同じように〝真のレイヴン〟になれると信じ、日々修練を積んでいるのです」

「そうだったんですか。目標って大事ですよね」

「ええ。目指す高みがあるからこそ、直向き(ひたむ)に頑張れるということもございましょう——皆さんのように」

「そうですね。いいお話が聞けました。ありがとうございます、麗奈さん」

「いいえ。施術中の一興にでもなれば——と、もういいでしょう」

玲奈さんが添えていた手を離し、「どうでしょう？」と小首を傾(かし)げる。

「お、おお……っ」

思わず感嘆の声が漏れた。

ごく僅(わず)かの間、治癒術を施(ほどこ)しただけなのに、俺の身体からはすでに痛みが引いていたからだ。

立ち上がり、俺は身体中をくまなく調べる。

凄(すご)い。外傷もほとんど塞がっている。

これが真武道の一つ——〝合気道〟の力だというのだろうか。

「ありがとうございます！　おかげで助かりました！」

俺が頭を下げれば、帰宅武の皆も一緒にお礼を言ってくれた。

内心皆に感謝していると、麗奈さんが柔和(にゅうわ)に微笑む。

「いえいえ、私は大したことをしていませんわ。私はただちょっと眠っていたものを刺激しただけ。実際に身体を治したのは、あなた自身のレイヴです。それにこの治癒術は、誰でも治せるというわけではないですからね」

「え、そうなんですか？」

ええ、と頷き、麗奈さんは踵を返して歩いてゆく。

「それではご機嫌よう、皆さん。ご健闘を心よりお祈りしていますわ」

俺たちは再度全員で頭を下げ、麗奈さんを見送った。

麗奈さんは結界の元へと普段通りの歩みで近づいたかと思えば、何ごともなかったかのようにその向こう側へと消えていった。

「合気道武の水守麗奈先輩――やはりただ者ではないようね」

「ええ。でも本当によかったです、朱雀さんが元気になられて」

「だな。私も少しは戦えそうだし、皆で一斉にかかれば、一人か二人分くらいはポイントが稼げるかもしれん」

「そうですね。では準備が出来次第、卓球武の方に交渉しましょう」

「ああ。まあこのまま校門を出られれば最高なんだけどな」と俺。

「じゃあダメ元で頼んでみましょうなのです！　あ、でも灰空さんはぎりぎりまで休むのです！　いいですね？」

指を立てて念押ししてくるお兎乃ちゃんの優しさに、俺のぺろぺろ欲が久しぶりに爆発した。

「フォオオオオオオオオオオオオオオオオオオッッ!!」

「ひ、ひぃ～!? なんでそうなるのですかぁ～!?」

よほど嬉しいのか、泣き叫ぶお兎乃ちゃんの頬をマッハですりすりする俺。

他の皆も俺たちの様子を温かい瞳で見守っていたのだが、

「……うん？」

その時、ふと俺の携帯が鳴った。

こんな時に誰だよ……、と不満を口にしながら携帯を取り出すが、そこには見たこともない番号が映っていた。

迷惑電話ということもあるし、無視してもよかったのだが、緊急の用件だったら嫌だからな。

「はうぅ～……」

俺はお兎乃ちゃんをしぶしぶ解放し、電話に出ることにした。

ちなみに解放されたお兎乃ちゃんは、御世さんの元へと一目散に駆けていった。

そして俺はこの時の判断が正しかったことを痛感することになる。

電話の主は《護国》と本土を結ぶ駅の職員だった。

彼は一言俺にこう言った。

――灰空水琴さんが駅で倒れた、と。

その⑥　大後悔時代

水琴はただの風邪で、少し疲れが出ただけであった。

「数日ゆっくりと休めば大丈夫だろう」という診察に、ほっとする帰宅武一同だったが、当然、俺の心中は穏やかではなかった。

思い返せば、確かに昨日の夜はいつもよりも顔が熱っぽかった気がする。

カレーは俺たちの大好物だったはずだ。それをダイエットと言って食べなかったのも、単に体調不良で食欲がなかったからだったのかもしれない。

優しい水琴のことだ。俺に心配させまいと嘘を吐いていたのだろう。

何故気づいてやれなかったのか。

水琴が辛い中、馬鹿みたいに騒いでいたなんて……。お兄ちゃん失格もいいところだ……。

おーんおーん、と泣きながら、俺はタオルを絞り、水琴のおでこに載せてやる。

「ありがとう、お兄ちゃん。でも私は大丈夫だから泣かないで？」

水琴は相変わらず熱帯びた顔で微笑んでいた。

そうは言われても、愛する妹が病に伏しているのだ。

辛かろう、苦しかろう。これが泣かずにいられるか。むふーん。

「それよりそろそろ学校の時間だよ？」

「いや、今日は休む……。お前を置いて学校なんか行けるか……ぐすっ」

鼻を啜りながらそう言えば、水琴は「それはダメだよっ」と語尾を強くして叱った。

「私は寝ていれば治るんだから、お兄ちゃんはきちんと学校に行って。ね？」

「いや、しかし……」

「しかしもカカシもないの。お兄ちゃんが私を心配してくれるのは嬉しいけど、私のことだけじゃなくて、ちゃんと自分のことも考えないとダメだよ？」

「うぅ……」

水琴に怒られ、俺は正座をしながら小さくなっていた。

だがそれと同時に、俺は内心感動を覚えていた。

なんとお兄ちゃん思いで優しい妹なのだろうか。

水琴を心配するあまり、自分を見失っていた俺を、我が身を省みず救おうとしているのだ。

体調が万全ならば、今すぐにでもちゅっちゅしていたことだろう。

くぅ〜っ、と俺は溢れる涙を拭う。

しかし俺のせいで水琴が悲しい思いをするのは、断じて許すわけにはいかない。

超絶的に気は進まないが、水琴に言われたとおり、学校に行くことにしよう。

「……分かった。じゃあ何かあったら、すぐに電話するんだぞ？」

「うん。ありがとう、お兄ちゃん」

「おう……」

後ろ髪を引かれる思いで部屋を出ようとする俺だが、三回ほどちらちらと出たり入ったりを繰り返した後、ようやく踏ん切りをつけることが出来たのだった。


が、四六時中考えるのは水琴のことばかりで、授業などまるで頭に入っては来なかった。

授業を担当するのは、英語教師でもある中村先生だ。

日本人らしからぬ流暢な英語をぺらぺらと喋っているのだが、俺には呪文か念仏のようにしか聞こえず、耳のトンネルをすぐさま通り抜けていく。

机に頬杖をつき、ぼーっと虚空を見つめる俺に、中村先生も苛立ちを募らせたのだろう。

「灰空、これの和訳を答えてみろ」

無駄に長い英文を、嫌がらせのように出題してきた。

もちろん答えなど分かるわけがない。

俺の口から出たのは、脳内を埋め尽くすただ一つの単語だけだった。

「水琴」

「……じゃあこの単語は？」

懲りずに次の問題を問う中村先生だが、俺の答えが変わることはなく……。

「水琴」

「これは？」

「水琴」

「こっちは？」

「水琴」

「ワークは？」

「仕事」

「ぐぬぬ……っ」

そんな調子で授業は進み、やっとこさ放課後を迎えることに。

陽子たちも気を遣ってくれたのか、基本的には今の時間までそっとしておいてくれたのだが、俺たちを疎む他武活との応酬は、そんな時でも容赦がなかった。

何せ、昨日はあれから千条の胸ぐらを高速で揺すり、竜巻結界を張ったまま、病院へ直行してもらったからだ。

おかげで一気にノルマの半分である五ポイントを獲得することが出来、生徒会としても焦っているのだろう。

校舎の外に出てみれば、天気も俺の心情が反映されたかのような土砂降りに変わっていた。

豪雨の中、俺たちの前に姿を現したのは、競泳水着に身を包んだ〝水泳武〟の武員たちだった。

周囲には、昨日と同じく他武活の面々が揃い踏みで、俺たちを逃がすまいと、皆ユニフォームに身を包んで囲んでいる。

陽子たちには、自分たちが道を作るから先に帰れと言われたのだが、腐っても俺は帰宅武の一員だ。

皆が辛い思いをしている時に、一人だけのほほんと過ごしているわけにはいかない。

それにここで帰ってしまったら、俺は間違いなく水琴を悲しませることになる。

それだけは絶対にダメだ。

だから俺も武練への参加を決め、水泳武の武員と対峙していた。

ただ一つ気がかりだったのは、いつもなら武室の外で待機しているはずの他武活が、校舎の外に出るまで誰も姿を見せなかったということだろうか。

いや、実際はちらほら姿を見せていたのだが、何やらじっと俺たちの様子を窺っているだけで、誰一人として向かっては来なかったのだ。

卓球武の時のような通達は届いていないはずなのに、何かがいつもと違う――そんな不安を抱きつつも、俺たちに残された時間は少なく、今はただ目の前の障害を排除することにだけ意識を集中させていた。

とはいえ、お兎乃ちゃんは降り注ぐ雨が妨げとなり、「眠れないのですぅ～!?」と戦うことが出来ず、御世さんがお兎乃ちゃんの分を引き受けたものの、ぬかるんだ土壌のおかげで本来の速度が出せず、一人を仕留めた後、二人目に幾分かダメージを与えたところで、自転車から引きずり下ろされてしまった。

しかも周囲にいたやつらが、すかさず自転車を回収してくれたおかげで、お兎乃ちゃん同様、御世さんも戦闘不能状態に陥っていたのだ。

だが不幸中の幸いだったのは、御世さんを引きずり下ろしたやつを、姫が倒してくれた（というより、おっぱいパワーで自爆した）ことであろうか。

周囲には今も夥しい数の生徒たちがいるが、〝水泳武〟ということで言えば、残りは三人になっていた。

最中、〝雨水〟というチノ＝リを得た水泳武の武員は、地をクロールで這い、「はーっはっはっはっ！」ともの凄い速さで姫に抜き手などの猛攻をしかけていた。

やつらの本領が発揮されるのは、もちろん水中であろうが、今回は場所の指定をされてはいない。

それが唯一の救いではあったが、それでも足場は悪く、姫もイラついているようだった。

「あーもうっ！　ぬちゃぬちゃして気持ち悪い！」

肌に貼り付く制服の感触も相まって、姫の集中力が大きく削がれる。

「ぐうっ!?」

しかし悪いことばかりでもなく、濡れた衣服が透け、おっぱいの破壊力も格段と増していた。

《クロール》にオートブレーキがかかり、速度が落ちる。

「なんのおおおおおおおおおおおおおっ！」

もっとも、そこは〝男を見せた〟というべきか。

地面に一本筋を刻みながら、《クロール》の地を掻く手は緩まなかった。

まあ単にうつぶせなので、恥ずかしくないだけなのかもしれないが、ブレーキが擦れ続けるのは事実。

苦悶の表情を浮かべながらも、時折恍惚の笑みになったりと、《クロール》も色々と大変そうだった。

一進一退の攻防が繰り広げられる中、突如「いかん!?」と《クロール》が跳ね上がり、背を丸めて股間に両手を添え、悶絶し始めた。

あまりに擦りすぎたおかげで、何か出そうになったのかしら……。

いや、単にくすぐったくなってしまっただけかもしれん。

どちらにせよ、チャンスは今しかない！

「はああああああああああっ！」

姫が大きく飛び跳ねる。

釣られておっぱいも揺れ、僅かにかけられていた下の方のボタンが弾け飛んだ。

「うおおおっ⁉　――ぶぎゅっ⁉」

喜びの声を上げる《クロール》だが、それは次の瞬間に悲鳴へと変わった。

「はあはあ……」

《クロール》を踏みつけて地面にめり込ませた姫は、地に両膝をつく。

肩で大きく息をしているところを見る限り、かなり疲労が蓄積しているようだ。

確かに二連戦の上、相手はちょこまかとグラウンド中を駆け回るようなやつらだ。

それに加え、この豪雨とぬかるみである。急激に体力を奪われたとしてもおかしくはない。

無理をさせるわけにもいかないので、姫にはお兎乃ちゃんたちとともに少し休んでもらうことにした。

「さて……」

武長の相手を任せた陽子の試合も気になるが、俺の相手も副武長を務める男子――気を抜くわけにはいかない。

俺と対峙していたのは、今までの全身タイツなやつらではなく、上半身裸で、下半身にだけ水着を穿いているやつだった。

やつは地面をカエルのように掻き、滑っていく。

――〝平泳ぎ〟だ。

対する俺は、どこから攻撃が来てもいいよう、意識を全方位に向け、警戒する。

《平泳ぎ》は俺の周りをぐるぐると回りながら、不敵な笑みを浮かべていた。

「俺は水泳武副武長の北島！　〝世界の北島〟とでも覚えておけ！」

何が〝世界〟なのかは知らないが、北島は俺にそう告げてきた。

だがそんなことを頭に入れておく余裕はない。

俺はさっさと水琴の元へと帰らなければならないのだから。

「……」

ふと俺の脳裏に今朝の光景が蘇る。

熱っぽい顔で、些か呼吸も荒めだった。

ちゃんと俺が用意しておいたおかゆを、温めて食べただろうか。

薬は用法通り飲んだだろうか。

しっかりと眠れているだろうか。

やっぱり俺がついていた方が……。

考えれば考えるほど不安になり、嫌な予感ばかりが先行する。

と。

「――隙(すき)あり！」

「――っ!?」

北島の攻撃に反応が遅れてしまった。

飛び魚のように跳ねた北島のクロスチョップが、俺の喉元(のどもと)に決まる。

「ぐはっ!?」

びちゃっ、と尻餅(しりもち)をつく俺だが、北島の攻撃は終わらない。

「うわっ!?」

確実に勝利をもぎ取るため、冷静かつ正確に俺の死角を狙っては飛んでくる。

体勢を立て直す暇もなく、四方八方から飛びかかられ、俺は為(す)す術(べ)なく受け続けることしか出来なかった。

くそ、こんなことをしている場合じゃないのに……っ。俺には水琴が……っ。

「――ぐふっ!?」

背中を思いきり蹴(け)られ、俺は顔から泥の中へと突っ込む。

呼吸が出来ずに悶絶(もんぜつ)する俺に、北島はトドメとばかりに両腕を広げ、襲いかかってきた。

「死ねいっ！　ヴレイヴ――《二大会連続二種目制覇(チョー・キモチイー)》ッ！」

――やられる!?

俺は襲い来るであろう衝撃にぎゅっと瞳を閉じた。

が。

「――ぶげぇぇぇぇぇぇぇぇぇぇぇぇぇぇぇぇぇぇっっ⁉」

「……えっ？」

響いたのは北島の悲鳴だった。

何が起こったのかと恐る恐る瞳を開けてみれば、俺の目の前には蹴りきった体勢のまま、陽子が立っていた。彼女が助けに入ってくれたのだ。

「よ、陽子……？　どうして――ぶっ⁉」

すぱんっ、と心地のよい音が俺の耳朶を打った。

遅れて湧き上がってくるのは、頬の痛みだった。

「ふ、副武長～っ⁉」

「な、なんも言えねえ……」

ぴくぴくする北島の元へ他の武員たちが駆け寄る中、陽子は俺のことを真顔でじっと見下ろしていた。

殴られた頬に俺が手をあてていると、

「──やる気あるの？」

そう陽子は言った。静かに、しかし憤り（いきどお）の孕（はら）んだ声で。

呆然（ぼうぜん）と見上げる俺に、陽子は冷たく言い放つ。

「やる気がないなら今すぐ彼らに捕まりなさい。はっきり言って迷惑だわ」

「お、俺は……」

「こんな戦いをさせるために、あなたが残るのを許可したとでも思っているの？　水琴ちゃんが心配な気持ちは分かるわ。でもね、それで何も出来なくなっていたら、元も子もないの」

「……」

俯（うつむ）く俺に、陽子はさらに続ける。

「シスコンで過保護なのは別に構わないわ。あなたのそういうところ、私嫌いじゃないもの。けれど、今のあなたはただの欲張りでしかない。武活のことも、水琴ちゃんのことも、そして自分のことも考えて、結局何も出来ないでいる」

「……っ」

そんなことは分かってるんだ……っ、と心の中で反抗する俺の手を握り、陽子はどこか悲しそうな声で言った。

「目の前のことをおろそかにしないで。今あなたがしなければいけないのは、水琴ちゃんのことを考えて、思考を鈍らせることじゃない。水琴ちゃんのことを想って、なんとしてでも目の前の敵を倒すことなの。それが結果的に私たちを助けてくれることになる」

「陽子……」

そうだ。今俺がやらなくちゃいけないのは、こんなところで立ち止まることじゃない。

冷静なふりをして、俺は冷静じゃなかった。

どの気持ちも優先していたら、結果的に全部が中途半端になるのは当たり前だ。

水琴のことは心配に決まっている。

だからこそ、なんとしてもこの武練に勝たなければならないのだ。

武練に勝てば、水琴の元へも行けるし、帰宅武の皆も喜んでくれる。

そうなってくれれば、俺自身も嬉しい。

無意識とはいえ、全てを前面に押し出した俺の過ちだ。

「あっ……」

俺は陽子の手をぎゅっと握り返し、決意のこもった眼差し(まなざし)を向けた。

「――ありがとう、陽子。俺が間違ってた」

「べ、別に分かってくれたならそれでいいわ。――大丈夫ね？」

その問いに俺はしっかりと頷(うなず)く。

陽子はふふっと微笑(ほほえ)み、腰を上げた。

陽子の手に引かれ、俺も立ち上がる。

が、陽子は少しばかり赤らんだ顔で、明後日の方を向いた。

「……それで、いつになったら私の手を離してくれるのかしら？」

「えっ？　――あ、わ、悪い！」

ばばっと掴んでいた手を離し、俺は頭を掻く。

陽子も少々恥ずかしそうにちらちらと横目をくれているので、なんともおかしな空気が俺たちの間に漂っていた。

「じゃ、じゃあ私は行くから……」

「お、おう……」

去っていく陽子の背を見送っていると、ふいに彼女は足を止め、俺の方を少しだけ振り向いて言った。

「しっかりね」

「おう！」

ふっと口元を和らげ、陽子が去っていく。

俺はすでにスタンバっていた水泳武武長の元へと急いだ。

「どうやら吹っ切れたようだね」

そう穏やかな口調で言うのは、母性をくすぐりそうな正統派のイケメンだった。

今の一言からも窺えるように、性格も良さそうな感じだ。

何せ、陽子をわざわざ俺の元へと行かせ、その間一切手を出さなかったくらいだからな。

イケメンは雨に打たれながらも、爽やかな笑みで握手を求めてきた。

「僕は水泳武の武長——吉良大和。得意なのは自由形。皆からは〝フリーダム〟と呼ばれているよ」

「おう」

「灰空朱雀だ。妹からは〝お兄ちゃん〟と呼ばれている」

しっかりと吉良の手を握り返せば、彼は「妹さんが好きなんだね」と笑った。

当然だ。俺は水琴を心から愛しているからな。

「羨ましいよ。僕は双子でね。姉さんがいるんだけど、凄く気が強いんだ」

「ほう、うちの妹はめちゃくちゃ優しいぞ」

「いいなあ。僕も妹が欲しかったよ」

「まあ俺も姉ちゃんが欲しかったからな。そこはおあいこだな」

あはははは、と互いに笑い合う俺たち。……なんだこれ。

ふと素に戻った俺たちは、お互いに少し距離を離す。

大丈夫だ。もう迷いはない。身体中に力が溢れているのが分かる。

水琴のことを想えば想うほど、身体が軽く——どこまでも飛んで行けそうな気になれる。

さあ、始めよう。今の俺は——無敵だ！

「行くぜ、フリーダム！」

「いいよ。心ゆくまで相手になろう！」

開始と同時に俺たちは駆け出した。

他の武員と同じく、吉良も地を這うのかと思いきや、やつは真正面から突っ込んできた。

「おらあっ！」

俺の拳が空を裂く。

吉良は俺の拳を受けようとしたのだが——つるりっ。

「なっ!?」

雨水程度ではあり得ない滑り具合を見せ、俺の拳を受け流した。

こいつ、身体に油を塗ってやがる!?

その時、吉良の顔がにたりとあくどく歪んだ。どうやら表裏のある性格のようだ。

なるほど、やはり一筋縄ではいかないというわけか——だがこれで終わりだと思うな！

「ふっ！」

すかさず膝を叩き込む。

が、吉良は身体を捻り、それすらも受け流した。

「きりゃあっ！」

背を見せた俺に、吉良はバタフライが如く両腕の抜き手を放つ。

「ぐうっ⁉」

俺はやつの手首を摑もうとしたのだが、塗られた油が滑り、威力を押し殺す程度にしかならなかった。

鎖骨の辺りに食い込む抜き手を、これ以上進ませないよう必死に止める。

「やめてよね……っ。あんまり抵抗されたら、僕も疲れるじゃないか……っ」

「奇遇だな……っ。俺も疲れるから、早いところ倒されてくれねえか……っ？」

「それは――出来ないね！」

「くっ⁉」

下からの蹴り上げに上体を反らして対処する。

そのまま後ろに飛んだ吉良は、今度こそ水泳武の本領を発揮するため、地をバタフライで駆けた。

なんでもいいけど、陸上でバタフライはなんともアグレッシブな光景だな……。

ぴょんぴょん飛び跳ねる吉良の姿に、俺はそんなことを思う。

されど、やつは真剣だ。

北島同様、俺の周囲をぐるりと回り、攻撃の機会を窺っている。

しかし俺は先ほどまでの俺ではない。

冷静に状況を分析し、やつに対抗するため、俺は地面に寝転び、両足を折り曲げて腰を浮かせた。

体育座りのまま後ろに倒れ込んだ、とでも言った方が分かりやすいだろうか。

もっとも、両手はしっかりと臀部（でんぶ）辺りの地面を摑んでいるのだが。

「はは、浅はかだね。地面に寝転べば、飛びかかるしかないとでも思ったのかい！」

言って、吉良は即座にクロールに切り替え、俺の頭上から迫ってきた。

そう、やつは〝自由形〟なのだ。

それを忘れ、俺がバタフライにのみ意識が向いていると思っていたのだろう。

だが——これこそが俺の作戦だった。

クロールで速度を上げた吉良は、低い体勢で抜き手を放ってきた。

「なっ⁉」

が、俺は寸前で身体を反転させ、やつに両足を向けた。

足を抱えたのは、上に向かって蹴るためじゃない。

背を丸めたのも、全ては回転しやすくするためなのだ。

最小の動きで最速に対応する——そのために俺は寝転んだのだ。

かのアントニオ猪木（いのき）は、地面に寝そべることで立ち技の雄（ゆう）——モハメド＝アリを退けたくらいだ。

　とくに地面を這う攻撃を主とする水泳武には、まさに天敵とも言える体勢だろう。

「――ぶふっ⁉」

　俺の両足から放たれた蹴りをまともに受け、吉良は悲鳴を上げながら飛んだ。

　反動ですかさず上体を起こした俺は、地を蹴り、吉良と同じ方向へ飛ぶ。

　そして追いつき、渾身(こんしん)の一撃をやつの鳩尾(みぞおち)に見舞った。

「ぐがあっ⁉」

　吉良の身体がくの字に折れ、やつは大の字になる。

　ぴくぴくと痙攣(けいれん)しているところを見る限り、しばらく起き上がることは出来ないだろう。

「よかったよ、疲れる前に倒せてな」

　俺の勝利――いや、帰宅武の勝利が確定した瞬間だった。


　吉良を倒して戻った俺を、皆は笑顔で迎えてくれた。

「お疲れさまなのです！」

「おう、ありがとう」

「まったく、世話のかかるやつだ」

「お前が言うなよ……。まあでもありがとな」

肩を落としつつも、俺は姫に微笑みを返す。

御世さんも「お疲れさまでした」と労ってくれたので、俺は丁寧にお礼を述べておいた。

でも一番お礼を言わなくちゃいけないのは、他でもない〝彼女〟だ。

「——陽子」

「あら、勝ったのね。まあ当然でしょうけれど」

抑揚のない声でそう言うが、陽子の顔は赤く、どこか恥ずかしそうだった。

俺は改めて彼女に頭を下げた。

「ありがとうな。お前のおかげだ」

「な、何よ。随分素直じゃない」

「ああ、お前に引っ叩かれて目が覚めた。あそこでお前が来てくれなかったら、俺は北島に負けてたし、心も折れたままだったと思う」

思っていたことをそのまま伝えれば、陽子は「……そう」と一言返事した後、茶化すようにこう言った。

「まあドMのあなただもの。最高のご褒美だったでしょうね」

「誰がドMだ……。まあとにかくありがとよ。勝手な頼みかもしれんが、また俺が間違った時は、ああやってぶん殴ってくれると助かる」

「そうね。気が向いたら鈍器のようなもので殴ってあげるわ」

「いや、それ死んじゃうよね!?」

鋭く突っ込むが、途端に皆吹き出し、場が笑い声に包まれた。

いい仲間を持ったな、と温かな気持ちに包まれていると——ズガンッ!

『——っ!?』

——突如〝何か〟が俺たちの脇を通り過ぎ、そのままコンクリートの壁に叩きつけられた。

それは——〝人〟だった。

それも一人ではない。二人の白目をむいた人間が、重なるように壁にめり込んでいたのだ。

「吉良……。それに北島も……」

そう、その二人というのは、先ほど俺と激闘を繰り広げ、そして敗れ去った水泳武の武員たちであった。一体誰がこんなことを……。

驚愕(きょうがく)に絶句する俺たちが、グラウンドに視線を向けると、そこには一人の大柄な男子生徒が佇(たたず)んでいた。

——その屈強な身を純白の制服で包みながら。

「生徒会、執行武……？」

思わず漏れた俺の声など気にも留めず、目の前の男子は依然として泰然自若な佇まいだった。

男子は俺たちを見下すように睥睨し、告げた。

「生徒会執行武、《七つ神》が一人――〝柔道武〟の龍童寺豪源。貴様らを潰しに来た」

その⑦ 兄の帰還

古武道にある〝柔術〟を発展させ、投げ、固め、当身の三技法を中核として完成させた武道――それが〝柔道〟だ。

今では〝JUDO〟として世界中で親しまれ、オリンピック競技にもなっている。

言わずもがな、真武道の一つであり――つまりは〝クソ強い〟ということだ。

その柔道武主将が、今俺たちの前に立ち塞がっていた。

わざわざご丁寧に、〝帰宅武を潰しに来た〟とまで口にして。

短く切り揃えられた髪に、猛禽類のような双眸。首や二の腕は丸太のように太く、胸板はタイヤでも詰まってるのかと言わんばかりに突き出ている。

身長は二メートル――いや、それ以上あるだろうか。

弁慶や呂布が目の前にいたら、きっとこんな感じだったと思う。

そりゃ歴戦の勇士でも裸足で逃げ出すだろう。

龍童寺は相変わらずの威圧感で俺たちを見下ろし、低い声で言う。

「初めましてとでも言おうか、帰宅武」

「あら、それはどうも。お会い出来て光栄だわ、《七つ神》さん」

腕を組み、不遜な態度で返す陽子だが、龍童寺の前ではそれも空しく感じられた。

「それで、初対面にしては随分と物騒なことを言うのね」

「事実を言ったまでのこと。この世にレイヴンが現れ、それに伴い様々な武活が生まれた。だがそのどれもが〝武道〟と呼ぶにはこと足りぬものばかりだ。それでもまだ、運動系武活は認めよう――救いがあるからな。しかし文化系武活はどうだ？　正直――反吐が出る」

「だからあなたが来たと？　少しは認めている運動系の武活が、ことごとく私たちに敗れ去ったから。というより――あなたね？　彼らを束ねる〝長〟というのは」

「そうだ。水守が目にかけているとはいえ、本来ならば、俺が出るまでもないと思っていた」

だが！　と龍童寺のレイヴが一気に跳ね上がる。

「度重なる運動系武活の敗北――実に目に余る！　わざわざ他武活を排除してまで挽回のチャンスをくれてやったものを……愚か者どもめ。しかも敗れた相手が、運動系どころか、文化系にも属さない、ただ帰宅するだけの武活――いや、〝武活〟と呼ぶことすらおこがましい！　そのような愚者どもなど――断じて認めるわけにはいかぬっ！」

「……っ」

さすがの陽子も、この押し潰されそうなレイヴの前では、余裕の表情を保つのは困難だったらしい。

　組んでいた腕を解き、歯を噛み締めていた。

「ゆえに！　これよりこの龍童寺豪源が直々に相手をしてやろう！　貴様らが敗れれば、帰宅武はこの場で解散――即時〝廃武〟とするっ！」

『――っ⁉』

　突然の宣告に、俺たちは目を見開き、固まった。

　横暴なんてレベルじゃない……。こんなことが認められていいのかよ……っ。

　俺は奥歯を噛み、限界まで拳を握り締めて、怒りの炎に身を焦がしていた。

「……あんたが負けたらどうする？」

「何っ？」

　俺の問いに、龍童寺が顔を不快に歪ませた。

　あの男のことだ。そんな言葉が返ってくるとは思ってもいなかったのだろう。

「灰空君……」

　心配そうな顔の陽子に、俺は静かに頷く。

「答えろよ。俺たちが〝廃武〟と言うくらいだ。もしあんたが負けたらどうするんだ？　せっかくあと五ポイントだったのに、そのルールすら自分勝手に捻じ曲げやがってよ」

「ふん、万が一にもないだろうが、俺が貴様らに後れを取るようなことがあれば、俺直々に帰宅武の設立を懇願してやる。俺に従うやつらにも、今後一切手を出させないと誓おう」

「なるほど。二言はねえな？」

「当然だ。まあ守ることなどあり得ないがな」

俺と龍童寺の視線がぶつかり合う。

気圧されそうになる威圧感だが、ここで引くわけにはいかないし――こいつにだけは絶対に負けたくない！

「……ふんっ」

俺の気概が通じたのかは分からないが、龍童寺は鼻で笑うと、厳かな足取りでグラウンドの中央へと戻っていった。

道すがら、やつは告げる。

「――女子どもと戦うつもりはない。さっさと来い、小僧。よもや吉良如きで疲弊してはいまいな？」

「はっ、当たり前だ。今行くからそこで待ってろ」

そう言い返し、俺は皆の方を振り向く。

『……』

一様に暗い顔をしていたので、俺はにっと歯を見せて笑った。

「心配すんな。俺は負けないし、帰宅武も廃武になんか絶対にさせない。さっさと片づけてくるから、皆はここで待っていてくれ」

「で、ですが……」と御世さん。

「相手はあの《七つ神》だぞ？　あの――《七つ神》なんだぞ？」

なんで二回言ったんだろう……。しかも溜めて……。

「ところで、お前は《七つ神》がどれだけ凄いか知ってるのか？」

「いや、よくは知らんのだが……」

うん、そうだと思ってた。でもまあお前はそれが取り柄だからな。

姫のアホの子発言に口元を和らげていると、お兎乃ちゃんが「無理はしないでくださいですが。

……」と上目遣いで言った。

いつもなら頬ずりからのぺろぺろなのだが、今は状況が状況だ。

「あっ……」

俺はお兎乃ちゃんの濡れた頭を撫で、「ああ、ありがとな」と微笑んだ。

「じゃあちょっと行ってくる」

ご武運を……、と言ってくれる御世さんたちに手を上げ、俺は戦場へと向かう。


「――待ちなさい」

「……うん？」

ふいに陽子に呼び止められ、俺は彼女の方を振り向いた。

陽子はいつも通りのクールな表情でこう言った。

「あなた、この戦いが終わったら結婚するの」

「無闇にフラグを立てないでくれる!?　つーか、日本語がおかしいだろ!?」

「じゃあここはあなたに任せて先に行くわ」

「それは任された方が言う台詞（せりふ）な!?」

――ばちゃっ。

「そんな……灰空君からもらった人形焼きが……。――まさかっ!?」

「〝まさか〟じゃねえよ!?　そもそもチョイスがおかしいだろ!?　人形焼きが落ちたくらいで割れるか!?」

「ダメね。そこは人形焼きを持っている方に突っ込むべきです。減点一」

「お前なあ……」

がっくりと肩を落とす俺に、陽子はふふっと笑った。

「……？」

「あなたの突っ込みは相変わらずキレがあっていいわ。これを無くさないためにも、絶対に勝ちなさい」

「そんなことのために戦うの!?」

がーんっ、とショックを受ける俺だが、もちろん分かっている。

こうやって馬鹿がやれるのは、帰宅武があってこそなのだ。

それを守って欲しい——陽子はそう言いたいだけなのだろう。

まあ相変わらず素直じゃないというか、回りくどいというか……。

でもとにかく了解だ。俺たちの自由を絶対に失わせたりなどしないさ。

だから俺は今一度真剣な面持ちで皆に告げた。

「じゃあ——行ってくる!」

『——』

こくり、と頷く皆も、思いは一緒だ。

俺は皆に見送られながら、龍童寺の元へと赴いた。

「遅かったな」

「ああ。皆いいやつらだからな」

「そうか。だがそれも今日までだ。武に励まぬレイヴンになど価値はない。不正は正さねばならん」

「そりゃどうも。でもな、そういうのを〝余計なお世話〟って言うんだぜ?」

「ふん、意気やよし。だがいつまで持つか――見物だな、小僧」

「――っ⁉」

さらに跳ね上がったレイヴが、雨水を弾き返していく。

まだ本気でないと見えるが、それでも今まで相手にした、どのレイヴンにも勝るほどのレイヴだった。

俺もレイヴを解放し、構える。

レイヴの差は歴然――でも負けるわけにはいかない！

「――っ！」

俺は初っ端から全力で龍童寺に特攻した。

これだけのレイヴ差だ。〝防御に回る〟などという手は恐らく通用しないだろう。

ならば速度で上回り、一撃一撃を全力で叩き込む――それしかない！

「うおおおおおおおおおおおおおおおおっっ‼」

そう考えた俺は、拳にありったけのレイヴを込め、龍童寺の鳩尾を狙った。

やつは動けなかったのか、それとも動かなかったのか、とにかくただそこに佇んでいるだけだった。

ずどんっ！　と衝撃波を巻き起こしながら、俺の拳が龍童寺の腹にぶち当たる。

速度も威力も俺の中では最大といってもよかった。

が。

「――なんだ、今のは？」

「――なっ⁉」

龍童寺はまったく堪えていなかった。

ハエでも止まったかの如く、ごく自然に小首を傾げ、俺を見下ろしていたのだ。

帰宅武の皆も驚いていたらしく、姫の「今ので無傷なのか⁉」という声が耳に届いた。

「くっ……」

ダメ押しで力を加える俺だが、龍童寺の腹筋はびくともしなかった。

「やはりこの程度か。運動武のやつらには厳罰が必要だな」

「ぐあっ⁉」

俺の腕を摑んだ龍童寺は、すさまじい握力でそれを握ってきた。

そのまま持ち上げられた俺は、なんとか逃れようとパンチや蹴りを繰り出すが、レイヴで覆われたやつの制服すら、汚すことが出来なかった。

「ふんっ」

「うわっ⁉」

大雑把に投げられ、俺は濡れた地面を滑る。

「冗談だろ……っ」

正直、ここまで力の差があるとは思わなかった。桁違いにもほどがある。

今までの武練が子どもの遊びに思えてくるくらいの違いだった。

だがそれでも諦めるわけにはいかない。絶対に何かしらの突破方法があるはずだ。

俺はない知恵を絞り、必死に考える。

巨人を倒すなら――まずは〝足〟だ！

「こんのおおおおおおおおおおおおおおおおおおおおおっっ!!」

再び地を蹴った俺は、体勢を低くし、龍童寺の左膝に蹴りの一撃を見舞った。

「それで？」

「まだまだあああああああああああああああああっっ!!」

レイヴを全開にし、連続で蹴りを叩き込む。

二撃、三撃、四撃、五撃――。

しかしやつに焦りの色は微塵も感じなかった。

同じ場所にこれだけ打ち込んだというのに、意に介してすらいなかったのだ。

「――どけ」

「がはっ!?」

軽く薙ぎ払う程度の裏拳にもかかわらず、俺の身体を自動車に轢かれるほどの衝撃が襲う。

なんとか体勢を保つが、依然として戦力差は絶望的だった。

「そろそろ理解出来たか？　真の武道とはこういうものを言うのだ。世に溢れた、名ばかりの武道にも嫌気が差すというものだろう？」

「……そうだな。さすがにこれだけの戦力差を見せつけられると、他の武活じゃ太刀打ち出来ないってのがよく分かったよ……」

「ならば」

けどな——、と俺は龍童寺の言葉を遮り、〝一歩も退かない〟という意志をありのままに伝える。

「俺は負けるわけにはいかねえ。あんたがどれだけ強かろうが、俺たちには〝帰る理由〟があるんだ。あんたも譲れないんだろうが——それは俺たちも同じだ！」

三度駆ける俺を、龍童寺は鼻で笑う。

「ふん、それがただの〝無謀〟だと気づかんとはな。貴様もレイヴンの端くれならば——勝てぬ相手くらい見抜く力を持ていっ！」

この試合が始まって、初めて見せる龍童寺の攻撃姿勢。

そのグローブのような手をかぎ爪状に開き、重心を落としたやつの構えは、まるで極寒の大地を生きる白熊を彷彿とさせた。

だがスピードなら俺の方が速い！

「おらあっ！」

俺は龍童寺の攻撃を紙一重(かみひとえ)で躱(かわ)しながら、がら空きの喉(のど)へと拳を叩き込む。

いくら頑強な身体を持つ龍童寺と言えど、さすがに喉は鍛えられないはずだ。

が。

「何っ⁉」

俺の拳は喉に届く寸前で止められた。

顎(あご)を引くことで拳を挟み込みやがったのだ。

たったそれだけのことで威力を打ち消されたというのもさることながら、止められる自信がなければ出来ない芸当だ。

悪く言えば——自意識過剰(かじょう)。

しかしそれほどの自信がやつにはあったのだ。

「悪くはない——が、よくもない！」

「ぐあっ⁉」

俺の胸ぐらを万力が如く摑んだ龍童寺は、雄叫(おたけ)びとともに身体を捻(ひね)った。

「ぬううううううううんっ！」

「うわあああああああああ——ぐっはあっ⁉」

ぬかるんだ地面がまったく意味をなさない速度で叩きつけられた俺は、一発で意識が飛びそうになった。

自分が呼吸をしているのかさえもあやふやになり、俺は変な浮遊感を味わう。

ある種の快楽にも似た感覚に、俺はダメだと意識を繋ぎ止める。

瞬間、全身を激痛が駆け抜けた。

がふっ⁉　と激しく咳き込み、俺は背を丸める。

あ、危なかった……。あのまま流れに身を任せていたら、俺は多分気を失っていただろう。

そうなれば、帰宅武は即座に廃武——俺たちの自由は失われていた。

俺は震える手足で必死に踏ん張り、立ち上がる。

それが意外だったのか、龍童寺は「ほう？」と感心したようだった。

「水を含んでいたとはいえ、俺の背負いを受けてもまだ意識を保つか。ふむ、根性だけはあるようだな。正しく武に励めば、一端のレイヴンになれたものを」

「はあ……はあ……」

「だがここまでだな。今の貴様では、先ほどの腑抜けた一撃すら放つことは出来ん。自分の足をよく見てみろ。自らの体重すら支えきれてはいないではないか」

「くっ……」

確かに龍童寺の言うとおり、気を抜けば今にも倒れてしまいそうだった。

「レイヴは〝想いの力〟――そう言う者たちがいるが、それはただの戯れ言に過ぎん。健全な魂は健全な肉体にこそ宿るもの。ならば魂の力であるレイヴが恩恵をもたらすのは、武に勤しむ者だけだ。身を以て自覚しただろう？　新入生。これが真の〝武〟だ。貴様がいくら家に帰りたいと願おうが、武の前ではそれもただの幻。なんの意味も持たぬ」

「はは、そうかもな……。でも、それでも俺は帰らなくちゃいけないんだよ……」

「ならば一応聞いてやろう。何故そこまで帰宅に固執する？」

「決まってんだろ……。愛する妹が待ってるからだ……」

にっ、と軽快に笑ってやれば、龍童寺は心底落胆したように嘆息した。

「……くだらん。やはり時間の無駄だったようだな。さっさと逝ね」

「うわっ!?」

再び龍童寺に持ち上げられたのは、直後のことだった。


「――がはっ!?」

コンクリートの壁に叩きつけられ、何度目かも分からない衝撃が俺の身体を駆け抜ける。

痛覚も疾うに麻痺していると思われ、〝痛い〟という感覚はすでになかった。

それを喜ぶべきか否か――個人的には、〝痛い〟と思えた方が、この途切れそうになる意識を繋ぎ止めておくのも、幾分か楽なのだが……。

「……」

降りしきる雷雨の中、龍童寺は地に伏す俺を冷たく見下ろしていた。

満身創痍の俺とは違い、やつの姿は無傷そのもの――まったく、嫌になるほど強いったらありゃしない。

「……だからそこをどけって言ってんだろ……っ」

笑い続ける四肢に鞭を打ち、俺は生まれたての子鹿が如く立ち上がって、キッと龍童寺を睨みつける。

誰がどう見ても限界――少し押せば、倒れてしまいそうなほどの弱々しさだ。

だがそれでも俺は歯を食い縛り、気合いだけで必死に踏ん張り続けていた。

「……ちっ。まだ立ち上がるか。本当に根性だけは大したものだな」

龍童寺が苛立ちを孕ませて舌打ちする。

制服越しでも、やつの筋肉がぐっと盛り上がったのが見てとれた。

龍童寺は自身の骨をべきばきと鳴らしながら、その右手をかぎ爪状に開く。

「だがこれで最後だ。次は一切加減をせん。それで死したならば、それは自らの行いゆえと悔やむがいい」

低い声でそう告げ、龍童寺のレイヴがさらに膨れ上がる。

今度こそ確実に勝負を決めるつもりだ。

対して、俺も拳をゆっくりと、しかししっかりと握る。

今までの攻撃はまったく通じなかった。けれど、だからと言って諦めたりはしない。

一〇〇発目で効かなくとも、一〇一発目では効くかもしれないからだ。

「何度も言わせんな……っ。俺はさっさと家に帰らなきゃいけねえんだよ……っ。こんなところで死んでられるか……っ」

握った拳はすでに臨界へと達し、ついには鮮やかな血の滴りを大地に穿つかのように思えたが、雫は地面に落ちる寸前で止まり、逆に天へと向けて昇っていった。

俺の身体中から横溢するレイヴが――〝魂の力〟がそうさせたのだ。

「かあああああああああああああっっ!!」

殺気を迸らせ、先に動いたのは龍童寺だった。

放つのは、俺同様にレイヴを纏った渾身の一撃だ。

捕まれば今度こそ意識が飛ぶだろう。

「俺は……俺はなあ――」

しかし俺は臆さずに前を見据える。

何が何でもこの男を倒さなければならないわけが――〝帰宅しなきゃいけない理由〟が俺にはあるからだ。

だから俺は地を蹴って跳躍する。

何よりも固く握った拳を携え、眼前の巨漢の――さらに〝その先〟へと進むために！

「俺は――」

そして俺は――咆えた。

「――俺は早く愛する妹と早くイチャイチャしてえんだよおおおおおおおおっっ!!」

その時――俺の中で何かが弾けた。

「――なっ!?　ぐはあああああああああああああああっっ!?」

龍童寺の双眸がかっと見開き、悲鳴が上がる。

俺に見えたのはそれだけだった。

気づけば、俺は突きを放ったままの体勢で、龍童寺の背後に立っていた。

だが俺は理解していた――何故理解出来たのかは分からない。

俺の中に宿るレイヴがそうさせたのかもしれないし、そうでないのかもしれない。

ただ一つ言えることは、俺の身体があの瞬間、〝粒子〟となって龍童寺を貫いたということだ。

どぱあっ！　と遅れて龍童寺が空から落ちてきた。

「がっ……」

大の字になった龍童寺を尻目に、俺も地に両手をついた。さすがにもう限界だ。

今の一瞬、俺のレイヴは確かに龍童寺を上回った。

そして粒子化された一撃が、やつの身体を内側からずたずたにした。

いくら筋肉の鎧を纏っているとはいえ、内側を攻撃されてはどうしようもないはずだ。

この勝負は俺の――勝ちだ。

「……《朱雀鳳凰不死鳥拳》」

俺はドヤ顔で新たに修得したヴレイヴの名を口にする。

何か必殺技が出来た時は、絶対この名前にしようと前から決めていたのだ。

「――酷いセンスね」

貶しながらも、そうは聞こえない声音の陽子に、俺も調子に乗った声で答える。

俺が勝利したことで、皆が駆け寄ってきてくれたのだ。

「ほっとけ。めちゃくちゃかっこいいだろうが」

「ふふ、名前はどうであれ、凄い技でした」

いや、御世さんまで……。

俺が自分のネーミングセンスにしょんぼりしていると、お兎乃ちゃんが「とにかくお疲れさまなのです！」と笑ってくれた。

「ありがとう」

俺も彼女に微笑みを返す。

本当に勝ててよかったと思う。

この愛くるしい笑顔だけで、身体の痛みも吹き飛ぶというものだ。

もし負けていたら、お兎乃ちゃんの笑顔を見ることも出来なかっただろう。

真武道——恐ろしい相手だった。

こんなやつらがあと六人もいるのだ。生徒会執行武は一体どれだけ強いのか。

考えるだけでめまいがしそうだが、今はただ勝利出来たことを喜ぶとしよう。

「しっかり摑まれよ」

「ああ、すまん」

俺は姫に肩を借り、帰路へと就こうとした。

が——ぞくりっ。

「——っ!?」

ふいに背筋が寒くなり、

「えっ？」

俺は姫を突き飛ばした。

「ぐあっ!?」

ほぼ同タイミングで、俺は顔を鷲掴みされ、持ち上げられた。

「灰空君!?」「朱雀さん!?」「灰空さん!?」

皆が声を上げてくれるが、それを遮るのは無骨な声。


「……やってくれたな、小僧」


――龍童寺だ。やつはまだ倒れてはいなかったのだ。

龍童寺は憤りの孕んだ声で続ける。

「……今のは正直驚いたぞ。レイヴを爆発させ、自らの身体を変容――光の筋となって相手を貫く。そのような芸当、通常のレイヴンに出来るものではない。実に惜しい。惜しいぞ、新入生！」

「ぐあああああああああああっ!?」

ぎりぎりと締め上げられ、頭蓋骨が軋む。

「朱雀！」と姫。

先ほどとは比べものにならないほどのレイヴだ。

龍童寺の放ったレイヴで皆が弾き飛ばされ、地面に叩きつけられる。

『きゃあっ!?』

「邪魔だ!」

「──なっ!?」

指の隙間から見れば、龍童寺の服装が一変していた。

白は白でも、制服よりは幾分かくすんだ白の上下に、腰元の黒い帯が特徴的なその服装は、誰しも一度は目にしたことのある──〝柔道着〟だった。

〝加減はしない〟と言っていた時でさえ、龍童寺は柔道着に着替えてはいなかった。

つまりあの一撃でやつを倒せなかったどころか、逆に真の意味で本気にさせてしまったのだ。

俺にはもうやつに争うだけの力は残っていない。

土壇場で修得した《朱雀鳳凰不死鳥拳》で、全てのレイヴを使い切ってしまったからだ。

「逃げて! 灰空君!」

「ぐうっ!?」

そうは言われても、龍童寺の握力は万力並みだ。

どんなに足掻いても外せる気配が見えなかった。

「一時でも俺を地に伏せさせた褒美だ。この龍童寺豪源最大のヴレイヴで葬ってくれるっ!」

「――っ⁉」

ぱっ、と俺を解放した龍童寺は、同時に身体を捻り、俺の右腕をしっかりと担ぎ――飛んだ。

「うわあああああああああああああああああっっ⁉」

そのまま激しく連続で前方宙返りし、遠心力が俺の意識を遠退かせていく。

そして。

「――秘技！《極天降龍衝》ッッ‼」

「――」

遠心力を最大にして繰り出された必殺の背負い投げにより、俺は地面に叩きつけられ、同時に龍童寺の肘が、俺の腹部に深々と突き刺さった。

遠心力＋落下ダメージ＋龍童寺の膂力及びその体重を乗せた肘の四コンボを一気に食らい、俺は悲鳴を上げることも出来ず、ただ呆然と虚空を見据えていた。

やけに冷静なのは、きっとすでに意識が離れつつあったからだろう。

痛みも何も感じず、そこに自分がいるのかさえ分からなかったくらいだ。

視界は徐々に黒く塗り潰され、耳から入る音も次第に小さくなっていく。

——負けたのだ。

それも完膚無きまでに。

もちろん心はまだ折れてはいないし、負けたくもない。

でも身体がついてこないのだ。

どんなに頑張っても、指先一つ動いてくれないのである。

虚ろな瞳の俺をじっと見下ろすのは、件の龍童寺だ。

「少しは楽しめたぞ、新入生。俺に〝道着〟を使わせたことは褒めてやろう。だがこれが現実だ。地に伏す貴様と、それを俯瞰する俺——勝敗は決した。約束通り、帰宅武はこの場で廃武とする。正式な通達は追って届けさせよう。転武の準備をしておけ」

そう告げ、踵を返す龍童寺だが、途中でふと足を止め、吐き捨てるように言った。

「貴様もレイヴンの端くれならば、もののふとしての〝誇り〟を持て。たかが妹のためだけに武を蔑ろにするなど、武に生きる者にあるまじき愚行。武の妨げになる妹など——塵ほどの価値もないわ！」

「——」

再び歩を進める龍童寺だが……今なんと言った？

武の妨げになる妹には塵ほどの価値もない？

それはつまり俺のせいでここに連れて来られた水琴が、
それに対してなんの不平不満も言わなかった水琴が、
いつも笑顔で俺のことを第一に考えてくれる、あの優しい水琴が！

「――なんの価値もないって言いたいのかてめえええええええええええええええええっっ!!」

『――っ!?』


その場にいた全員の顔が驚愕に強張っていた。

瀕死の俺が立ち上がったからなのか、それともこの身体中から吹き出る〝炎〟のせいなのかは分からない。

だがあの龍童寺ですら、両目を限界まで見開き、俺の姿に見入っていた。

「れ、レイヴの炎で象られた鳥だと……っ!?　こ、こんな小僧に〝霊武之獣〟が宿るというのか……っ!?」

何を言っているのかはよく分からないが、炎のようになった俺のレイヴに、驚きを隠せないでいるようだ。

しかし今はそんなことはどうでもいい。

こいつは絶対に言っちゃいけないことを言った。

俺の大事な水琴に――〝なんの価値もない〟と言いやがったんだ！

ごうっ、と俺のレイヴが一層猛り、それに伴って鳥の鳴き声のようなものが聞こえた。

俺は一歩、また一歩と龍童寺に近づく。

あれだけ自信に満ちていた龍童寺は、驚くことに少しずつ後退っていた。

「絶対に許さねえ……っ！　俺はお前を――絶対に許さねええええええええええええええええええええっっ!!」

「――っ!?」

大地にクレーターを穿ち、俺は龍童寺に肉薄する。

今までの何倍も速いスピードだ。あの龍童寺ですら反応が遅れていた。

「うおらあっ！」

「ぐおあっ!?」

俺のボディブローがやつのガードした左腕ごと、柔道着に包まれた脇腹にめり込み、べきごきゃと骨の砕ける音が響き渡る。

手応えは申し分なかった。

龍童寺は俺の攻撃を防御することすら出来ていなかったのだ。

「――がはっ!?」

宙を舞い、地面に叩きつけられた龍童寺は、「ば、馬鹿な……」と現状を信じられない様子

だった。

「こ、この俺が……がふっ!?」

吐血する龍童寺を、俺は怒りの形相(ぎょうそう)で追う。

「立てよ、《七つ神(セブンス)》。てめえの償(つぐな)いはまだ終わってねえんだ」

「ちょ、調子に乗るなよ、小僧！」

得意の投げ技に持ち込もうとしたのだろう。

俺の両襟(りょうえり)を摑(つか)んだ龍童寺だったが、

「な、なんだとお……っ!?」

俺にその両腕を腕力で引き剝(は)がされ、苦悶(くもん)の表情を浮かべた。

何故こんなにも俺の力が上がったのか、理由については未だに分からずじまいだ。

でも今はそれでもいい。俺はこいつを許せない。

水琴を蔑ろにしたこのクソ野郎をぶちのめせるのならば——たとえ命を削(けず)る力であろうが俺は構わない！

「ぐおっ!?」

今度は俺がやつを投げる番だった。

空高く龍童寺を放り投げた俺は、拳を腰まで引き、全てのレイヴを拳に集中させた。

狙いはただ一つ——あのクソッタレの柔道武員だ。

俺は一度瞳を閉じた。

途端に浮かぶのは、水琴の微笑(ほほえ)んだ顔だった。


『――お兄ちゃん』


「――っ！」

俺はぎっと瞳を開け、龍童寺に向けて渾身(こんしん)の一撃を放った。


「――《朱雀鳳凰不死鳥拳(すざくほうおうふしちょうけん)》ッッ!!」


この時、俺はやつの言った〝レイヴの炎で象(かたど)られた鳥〟の意味を初めて理解した。

俺の拳から飛び出したのが、まさにその〝鳥〟だったからだ。

だが俺には、どうしてもそれがただの鳥には思えなかった。

あの鳥を眺めていると、何故か俺の口にした技の名前が思い浮かぶのだ。

そう――〝不死鳥〟という名が。

「が、ぐあああああああああああああああああっっ!?」

俺の拳は龍童寺を撃つだけではなく、そらにその奥の雷雲すらをも吹き飛ばした。

陽の光を浴び、勝者となった俺は、地に落ち、大の字で気を失っている龍童寺に向けて言う。

「――〝帰宅〟ってのはな、当たり前の行為なんかじゃねえんだよ。いつものように無事に帰って、帰りを待ってくれていた家族の顔を見られるってことが、どれだけ幸せなことか、あんたには分からないだろうな」

「……」

当然、龍童寺からの返事はない。

それを承知の上で、最後に俺は龍童寺に対してこう告げた。

「あんたの敗因――それはお兄ちゃんの前で大事な妹を罵ったことだ。妹思いの兄になってから出直してこい。じゃなきゃ一生かかっても俺は倒せねえよ」


「ど、どうしたのお兄ちゃん⁉」

全てを終わらせて帰宅した俺に、パジャマ姿の水琴が駆け寄ってくる。

顔色もよくなったようだし、もう大丈夫だろう。

「ど、どうしてこんなにぼろぼろなの？　それに泥まみれだし――きゃっ⁉」

困惑する水琴を、俺は優しく抱き締めた。

レイヴンがなんだ。

武道がなんだ。

水琴はこんなにも俺を癒してくれる。

価値なんて計り知れないほどだ。

いや、そもそもが〝価値〟という判断基準に当てはめること自体がおかしいのだ。

難しいことはない。

水琴は俺の大好きな妹で、そして何よりも大切な家族――ただそれだけのことなのだから。

「……ただいま」

だから俺は一言だけ、そう言った。

それで水琴は全てを理解してくれたのだろう。

濡れた俺の身体を抱き返し、はにかみながら返してくれた。

――おかえり、と。

エピローグ

「――ぶえっくしょん！」

大きくくしゃみをした後、俺は枕元にあったティッシュで鼻をかむ。

頭は痛いし、身体はだるいし、寒気はするしで最悪だ。

見事な風邪(かぜ)である。

まああれだけびしょびしょになったので、それも当然だとは思うのだが……。

「……」

ふと視線を横に向ければ、楽しそうに談笑する水琴(みこと)と帰宅武の面々。

見舞いに来てくれたのは素直に嬉しいのだが、皆も俺と同じように濡れていたはずなのに、
何故俺だけがこんなにも苦しむ羽目になっているのか。

「なあ……」

疑問に思った俺は、それを皆に問うてみることにした。

「あら、尿瓶(しびん)？」

「んなわけあるか！」

「ごめんなさい。さすがに大きい方は……（／／／）」

「そっちでもねえよ！　つーか、何故に大きい方だけ毎回恥ずかしそうなんだよ!?」

「だって……ねえ？（／／／）」

いや、だからそれは一体なんなんだよ……。

「それでどうしたの？　眠るならそろそろお暇するけれど？」

「いや、まだ大丈夫だ。それよりちょっと気になってな」

「109、60、89よ」

「嘘吐け!?　とくにバストはマイナス40だろ!?」

「……殺すわ」

ドスの利いた声で腰を上げた陽子に、俺は慌てて謝罪した。

「わ、悪かった！　今のは冗談だ！　マイナス30に」

――ぎろりっ。

「……マイナス20と言えなくもない気がしなくもないこともない」

「そうね。私はナイスバディだもの。分かればいいのよ」

すっと着座した陽子に、俺は小さく嘆息した。

お前でナイスバディなら御世さんや麗奈さんはどうなるんだよ……。

姫のおっぱいとかもう宇宙戦争だろ。

「ちなみにさっきのは姫のスリーサイズよ」

「ぶーっ!?」お茶を噴き出す姫。

すげえな、不二子ちゃんも真っ青じゃないか。

おいー!? と陽子に姫が掴みかかり、それを御世さんが宥める。

最中、俺は彼女らに問うた。

「んで、なんで皆は風邪引かなかったんだ?」

「なんでって……」

陽子が皆に目配せすると、皆もきょとんとした顔で言った。

『──すぐにお風呂に入ったから』

「……」

ああ、なるほど……、と俺は顔を伏せた。

濡れた身体で水琴を抱き締めた俺は、渋る彼女を先に浴室へと追いやり、自分は濡れた制服のまま、玄関に立ち尽くしていたのだ。

今のお兄ちゃんはかっこいい、とか思いながら……。

「水琴ちゃんのことばかり考えているから、〝服を脱いでタオルで身体を拭く〟ということすら忘れてしまうのよ」

そう陽子に突っ込まれ、俺はふてくされながら言う。

「いいんだよ。俺は水琴が一番大事なんだからな」

「も、もうお兄ちゃんったら……」

恥ずかしそうに俯く水琴はなんて可愛いんだと思いつつ、「でも……」と俺は思う。

帰宅武がなければ、今もこうして楽しい気持ちでいることは出来なかっただろう、と。

だから俺は皆に心から感謝している。

なんだかんだ言いつつも、皆いいやつらだからな。

こいつらと出会えて、俺は本当によかったと心の底からそう思っている。

まあ……恥ずかしいから言えないけどな。

あとがき

はじめましての方ははじめまして、お久しぶりの方はお久しぶりです。

この度、DX文庫さまより刊行させていただくことになりました、草薙アキと申します。

以前、SD文庫さまで『ハレルユニコーン』を出させていただいた以来ですので、集英社さまでの刊行は、二年と八ヶ月ぶりくらいになるのでしょうか。

一体この三年近く何をやっていたのか——それはそれは聞くも涙、語るも涙のスペクタクル大冒険活劇に身を投じていたわけですが、語りたくてもまさかのあとがき一ページ！

しかもすでに半分ほどを消費してしまっとるじゃないですか……。どうすんのこれ……。

さて、この物語は妹ラブなアホ主人公と、お馬鹿な仲間たちによる学園バトルコメディです。

全ての部活が〝武道〟と化した世界で、〝帰宅武〟として、様々な異能を振るう生徒たちをぶちのめして帰るという感じの物語なのですが——って、もうページないじゃん⁉　ひいっ⁉

というわけで、名残惜しくも謝辞の方に移らせていただきたいと思います……。

素晴らしいイラストで作品を彩ってくださった絵師ののすくさま、刊行まで辛抱強く付き合ってくださった担当のHさま及び、作品づくりに携わってくださった全ての皆さま、そして今このあとがきを読んでくださっているあなたさまに、心よりの御礼を申し上げたいと思います。

二〇一五年一一月吉日　ツチノコ印の草薙アキ

ダッシュエックス文庫

お兄ちゃんは家に帰りたい。
～そうだ、帰宅武をつくろう～

草薙アキ

2015年12月27日　第1刷発行

★定価はカバーに表示してあります

発行者　鈴木晴彦
発行所　株式会社　集英社
〒101−8050　東京都千代田区一ツ橋2−5−10
03(3230)6229(編集)
03(3230)6393(販売／書店専用)03(3230)6080(読者係)
印刷所　図書印刷株式会社
編集協力　法貴仁敬

ISBN978-4-08-631094-9 C0193